一年一度的家庭盛宴

"年夜饭预定情系'独身'",这个醒目标题已见诸报端,这意味着,过年这件事,人们已由期待而进入操作阶段了。尽管还需40多个日夜夜春节才肯姗姗来降临,但过年心急的人们,不仅时光欣然神往,而且已经为之预订了筵席,发出了请柬。

到酒店去吃年夜饭,这在大城市已蔚然成风,渐已成为年俗中的一道具有时代印记的风景。本来,生活水平提高,就应该表现为生活质量高档化。生活形式多样化和生活情调简洁化这一进程的加快和普及。忙碌的人们,特别是年轻人,不愿把自己赖以创造价值的精力耗费在厨房,或者要腾出时间进行社交和文化消费,再加上如今高度膨胀的餐饮业,也耐

15×20=300

第 1 页

王益龄手稿

王益龄（前排右二）全家合影

杂草集

王益龄 ◎ 著

版 武汉出版社

（鄂）新登字08号

图书在版编目（CIP）数据

杂草集 / 王益龄著. -- 武汉：武汉出版社，2024.

11. -- ISBN 978-7-5582-7209-7

Ⅰ. I217.2

中国国家版本馆 CIP 数据核字第 202494D1H7 号

杂草集
ZACAOJI

著　　　者：王益龄

责任编辑：赵　可

出　　　版：武汉出版社

社　　　址：武汉市江岸区兴业路 136 号　　　邮　　编：430014

电　　　话：（027）85606403　　85600625

http://www.whcbs.com　　E-mail: whcbszbs@163.com

印　　　刷：武汉鑫佳捷印务有限公司　　　经　　销：新华书店

开　　　本：880 mm×1230 mm　　1/32

印　　　张：11.25　　字　　数：254 千字

版　　　次：2025 年 1 月第 1 版　　2025 年 1 月第 1 次印刷

定　　　价：88.00 元

关注阅读武汉
共享武汉阅读

序

张名扬

益龄的诗文集终于出版了。不独我欣喜有加，诸文友亦都期盼日久，奔走相告。

"大器晚成"一词现今多喻人，原意却说事。我欲借此四字叹赏《杂草集》的华丽诞生。益龄积旧稿编新书于今，犹如高龄产妇喜得贵子。吾意不在庆幸初为人母之年高，专诚感叹产妇孕期之久长……

君不见，古今中外帝王圣贤大多身披霞光、口衔宝玉降世于祥云异兆的神话传说中：有的母亲在河畔赤脚踏上神人足迹而受孕，有的母亲于风雨交加雷电轰鸣中遇惊结胎……有的人从妈妈口中诞生，有的人从妈妈胁下钻出……且孕期通通超常逾时不出——有的十多月，有的数十月，竟还有迁延母腹数年之久的。孕期愈久愈长，圣婴灵童则愈"神"愈"伟"。若自19岁计起，益龄写作几近七十春秋。《杂草集》的编辑成册可视作一朝分娩，那么近七十载的笔歌墨舞便是绵绵孕期。孕期愈久愈长，则宁馨儿肯定愈"娇"愈"宝"。晚成不一定大器，但大器往往成就迟晚。行文至此，不能不忆及苏联一圣哲之论断："任何比喻都是蹩脚的。"

长期积累，一旦成书，是《杂草集》自别他书的独到之处。

有文友以"花腔歌者"的美誉加冕益龄，似不无道理。他既有男高音的高亢激越，又有女高音的委婉花哨。他的唇、舌、齿、牙、喉训练有素，功夫了得。他的发声、吐字、行腔、归韵流丽华美，悦耳动听，此誉绝非虚妄。他惯使的语言是永远激荡着诗情画意的源泉。他打破诗、散文诗、散文的表述阈界，抒情、叙事、状物、绘景、说理融会贯通，互相碰撞，自由流变，终遵文意，或增或减，或浓或淡，每每恰到好处。他颇具诗人气质，于笔高强，功力过人。新作问世，总先以语言的典雅新颖吸引打动读者，继而再以蕴含丰厚、诗意盎然的内容感染征服读者。某文友四处搜求他的诗文旧作，持续若干年而不辍。有人说，读益龄先生的文学作品犹如在田间或街头不期而遇一眉目姣好、鲜衣丽服的花季少女，怎不令人停犁、停杖、回首频频。

语言华美、内容精粹、文质并茂、情理兼胜是益龄诗文作品的突出特点。

对于益龄的写作，许昌评论界自有共识，即"少而精"。少，写得少。他以教为业，故写作不能不控。另，政治经验告诫写作题材的选取当慎之又慎，不可造次。早年他多从报刊中寻觅题材，进行二度创作，故写作激情不得不被抑制。也许写得不少，但是出手不多，存世不多。他不相信"剜到篮里都是菜"，每每进入写作状态，他便旁若无人兀自低哼着"慢工出细活"的心曲，晨耕夜耘，谱写人间真善美。精，即精制，精致。他的诗文作品都是积累在前偶得于后，且是"三思而后行"的产物。写前有所思，即构思；

写中有所思，不思不写，写必有思，笔不妄下；写后有所思，精工秾丽，修改不已。前不久拟编一本多人文集，策划时他表态要补写一篇评论文章。待书稿编妥送印时，仍不见他的大作。经编者再三致候探询，他才恋恋不舍修改罢手，孰料开机前又改动多处。凡他出手的作品一律个顶个、个赛个的合格达标，质量上乘。他像鸟儿似的珍爱自己的羽毛，更负责任于读者。因制作精良，故产品精致。

严谨持重的写作态度是益龄诗文精妙的不二法宝。

毛泽东曾在他的著作《实践论》一文中说，若欲了解梨子的滋味，必须亲自"变革"梨子。此"变革"即吃的意思。恭仿此语，要想得享益龄先生诗文之笔头矫健行墨飘逸，就请赏读《杂草集》吧！

是为序。

癸卯暑热于慎德堂

一篇未完成的序言

王益龄　王丽辉

张名扬老师的序言实多溢美，就像把一大杯茅台灌进一个滴酒不沾者的口里，盛情之下，盛誉难当。在各位文友的关心、催促之下，我的这本书出版了。书名"杂草集"是我自定的，定后暗自窃喜，颇为得意。

老来心田已抛荒，

剩有杂草自彷徨。

如今遵命收拾起，

积肥也算有用场。

……

以上是父亲尚未完成的序。天有不测风云，父亲在书稿尚未整理好时便因病匆匆离开人世，作为唯一的女儿，我以我的视角代他写完本序，其中有失客观之处，恭请诸位指正。

父亲的一生与共和国命运紧密相连。1938年，父亲出生于武汉商贾之家。幼年时便历经日寇侵华，武汉沦陷，被送至乡下小姨家中避祸，幸得姨父发蒙，点燃了他对文学的热爱。父亲中学就读于重庆巴蜀中学和华中师大附中，

1955年，以湖北省高考文科状元的成绩进入武汉大学中文系学习，1958年被打成"右派"，分配到千里之外的河南许昌，从此在许昌工作安家。

父亲是个有温情的人。爷爷乐善好施，每年都要给穷人送米票，对困顿的人慷慨解囊，耳濡目染下的父亲也非常有爱心和同情心。在他的努力下，处于困境的学生总能得到及时的帮助，小到妈妈做的可口饭菜，大到生活费学费，甚至他获得的曾宪梓奖金也都全部捐出作为学生的奖学金。

父亲是个有才情的人，他先后在中学和大学任教，工作之余也常常写诗作文。这本书是由父亲部分作品结集而成，时间跨度六十多年，不仅记录了时代的变迁与社会的发展，也记录了他从青年到中年再到老年大半人生的心境和生活。父亲的文字饱含着温度和记忆，里面最早的一篇是旧体诗《寄母》，出自1959年父亲刚到许昌工作写给家里的第一封信，字里行间对母亲的关切动人心弦。其中"春节归来欢聚日，莫将衰老伤儿心"一句，背后还有一个令人动容的故事。那年直到年三十，领导才批准父亲回家，等他赶回家时，一家人正在昏暗的灯光下默默等待，见到他的一刹那，瞬时沸腾了，一声吼"做年饭了"，这才生火做饭。每每回忆至此处，父亲都是泪水涟涟。再读这首诗我亦能体会到父亲当时的处境艰难和对家人的深深思念。1967年4月，父亲逃出"牛棚"，径直上北京中央"文革"接待站，他这个具有现行反革命行为的"右派分子"被接待站称之为上访人员甚至上访同志，父亲的感动和感奋化作了创作激情，附录二收录了其中的部分文稿，文字风采激扬，讴歌社会的美好。然而他回到许昌之后却被一脚踹倒，遭受了一场殴打。过往种种，父亲每每谈起，我作为听者也会情不自禁潸然泪下，但是他从不对家乡的亲人讲述，他总是说，我对不起我的妈，她为我哭了很多。一直到了晚年，父亲还会被噩梦惊起，他生命中的积雪厚重，我和家人也无能为力。

改革开放，开启了父亲生命中的春天，他开始拼命工作，我总是惊讶于一放假父亲就发烧了，开玩笑说他忙得平常没空生病。父亲曾获得河南省劳动模范、省优秀教师、曾宪梓教育基金等奖励和荣誉，这些就是他勤奋工作的证明。父亲钟爱教师这份职业，从上个世纪八十年代开始，父亲就兼任新建的许昌老干部大学的文学课教师，而且一直坚持到他73周岁因健康原因不得不终止。这期间，父亲退休，时常与文界诸位同好交流唱和，创作出大量作品，其中有的是有感而发，有的是应电视台或者政府部门委托而作，书中均有收录。

父亲半生命运多舛，生活的磨难早对他的身体埋下了隐患。进入老年后，即使长期遭受疾病的折磨，他依然乐观坚强。父亲对家庭中每一个成员都倾注了深深的爱，也积极地承担了家庭的责任。这里特别感谢妈妈对父亲无微不至的照顾，在我快到知天命之年还能享受到父爱。

父亲的一生追求光明，追求自由，热爱生活。父亲的一生充满诗意，长自长江畔，学于珞珈山，历风刀霜剑，仍不改慈悲之心。见字如人，请读者慢慢品味一位文人文字中的世界和人生。

目　录

散文

诗歌

附录

散文

青山依旧在

像一颗失落于蛮荒的明珠，终于被捧上了显示价值的天平，像一支飘逝于岁月的古曲，终于被录进了再现情韵的磁带。三国文化的话题，终于使政协委员的讨论震得茶色玻璃窗铮铮回响，扩建华佗墓的可行性构想，终于"落座"在苏桥镇政府会议室，书记、镇长们的殷切陈词，融化了窗上薄薄的冰花。呵！改革开放的伟大命题，终于引发了如此这般当代社会的历史思索，古老民族的现代觉醒。

笔者曾随本市文史学界知名人士，循着这思索的走向，觉醒的轨迹，拜谒了作为实施分期到位地兴建许昌三国城总体规划第一站的华佗墓。

"沃野连幽径，平畴接远空"，这里诚然是个僻静的存在。可是，桃李不言，下自成蹊，总有虔诚的慕名者，带着浓浓的情结，驱车墓前，献上心香一瓣。这众目纠结、绿树围拱的一方圣土，就是华佗在抢救了无数生命之后，疲劳至极而"休克"至今的地方。

真是人杰地灵啊，即使是红衰翠减的季候，这墓地，也只有这墓地，总是聚焦着春天的浓绿，俨然镶嵌于大地的一块翡翠。当地群众也常不无自豪地遥指"翡翠"，向导游人。待到跟前，只见一座古朴的碑楼，率领着围成六角形的空花短墙，守护着这片小小的生命禁区。但是，即使悠悠岁月没能偷换历史，这区区围墙，又怎能禁锢墓中人人格力量的辐射？拜伦有诗道："你的生命完了，你的名声开始。"1700多年来，多少朝觐者，不仅带来了一颗心，也带来了一抔黄土，不断地增添着、升华着这坟墓的高度。你看，它昂首墙外，雄视天宇，人们很远就能看到它伟岸的轮廓。它上面，芳草芊绵，密密笼盖，野花点点，彩蝶翩翩，大有"山无重树周遭碧，花不知名分外娇"的情致。呵！在这沃野平畴上，它就是一座永驻芳春的青山。

华佗是我们民族的生命之神，在外科学、内科学、中药学、针灸学、运动医学、医学心理学等生命科学领域里铸造过亘古未有的辉煌。一根银针，不知接通了多少濒临中断的命脉；一剂方药，不知使多少趋近零度的生命豁然升温。他以超乎寻常的清醒，首创了麻醉术；他以超乎寻常的仁慈，割开了人体。他秉持济世活人的医术医德，不慕富贵，不屈权势，他笃志普救众生而不为一人所专的人品人格，既充实了他生命的内涵，也拓展了他生命的外延，使他的生命磅礴万世而不朽。墓前这"重重叠叠上瑶台，几度呼童扫不开"的红色鞭渣炮屑，不正说明他生命的余响至今不绝！这时有所见的彩色纸花纸幡，不正说明他生命的花絮至今不败！"高山仰止，景行行止"，呵，在我们心灵的旷野，他就是一座风范长存的青山！

可以告慰前贤、鼓舞今人的是，华佗生前行医、著述、

坐监、殒身的许昌，以其在三国文化上得天独厚的优势，被列入"94 中国文物古迹游"的三国旅游线，市委、市政府也决定高起点、大规模、高效益地新建"许昌三国城"。以此为契机，许昌的崛起，指日可待。尚须以正视听的是，有关部门将华佗墓这一著名古迹，公布到华佗故乡安徽亳州了。其实，华佗是一位以天下为己任的国家级专家，所谓"埋骨何须桑梓地，人间处处有青山"，华佗是以此自勉的。《三国志·魏书》有云："与民同乐者，人必忧其忧。"是呵，华佗与许昌父老的生死之情，是天地共鉴的。琢磨琢磨一望之遥的"哭佗村"这个湿漉漉、沉甸甸的村名吧，它所浸润的，难道仅仅是华佗孀妻弱子的眼泪？呵，在目不暇接的三国旅游线上，它就是一座众人仰望的青山！

仁立坟头，缅怀斯人，我想起了《三国演义》卷首的词，"青山依旧在，几度夕阳红"。是呵，那"一将功成万骨枯"的英雄，那"冲冠一怒为红颜"的英雄，委实淘尽了不计其数。但是，华佗，是臧克家诗中所说的"活着为了多数人更好地活着的人，群众把他抬举得很高，很高"，是淘而不汰的。

永远的旋律

——谨以此文纪念"一二·九"爱国运动

当古老的文明给人类的声带配上词汇之后，黄河两岸就响起了我们祖先的歌声。这是一个伟大民族在世界东方庄严崛起的宣言，他昭告大自然：你的主人已经到位！

从此，"饥者歌其食，劳者歌其事"，生活之歌、劳动之歌、爱情之歌、战斗之歌回荡在太平洋西岸广袤的地表上。在它们的交响中，爱国主义的主题，作为万方乐奏，众音喧阗的主旋律，一直是中华民族几千年历史发展中的最强音。

屈原流放江湖，仍唱出"岂余身之惮殃兮，恐皇舆之败绩"，赢得一代代荆楚儿女，划着龙舟，竞相追寻国殇遗风、离骚余韵。杜甫妻离子散，仍高唱"葵藿倾太阳，物性固难夺"，他为官军收复蓟北而喜泪沾衣，为北疆戎马未歇而凭轩涕泗，诗如其人，永远成为历史的宠儿。横戈跃马，疾呼"待从头、收拾旧山河，朝天阙"的岳飞，使在他墓前长跪不起的秦桧万劫不复，遭人唾骂。"位卑未敢忘忧国"的陆游，即使"双鬓多年作雪"，但"寸心至死如丹"，一首《示儿》绝笔，垂训万代儿孙。"壮岁旌旗拥万夫"

的辛弃疾，虽然"老大哪堪说"，但仍要"醉里挑灯看剑"，剑魂词心，辉映千古。"山河破碎风飘絮"之后的文天祥，深陷阴暗潮湿、"诸气萃然"的土牢，凭着一身"凛烈万古存"的浩然正气，"留取丹心照汗青"。年仅17岁的夏完淳，高吟"英雄生死路，却似壮游时"，昂首走向刑场，使无数年长四五倍的苟活者为之汗颜。林则徐"苟利国家生死以，岂因祸福避趋之"，愤然销烟后，将家眷移至虎门前线，以示抗英决心，使多少国贼洋鬼，闻之心悸色变。"忍看图画移颜色，肯使江山付劫灰"的秋瑾，立誓"拼将十万头颅血"为国雪耻，竟以风华正茂的女儿之身，率先抛掷了头颅，使一众须眉，自叹弗如。所有这些，都是在腥风血雨中飞扬的音符，刀光剑影里流泻的旋律。那豪放坚毅的，是以身许国的壮歌；那激越雄浑的，是挥戈卫国的战歌；那慷慨苍凉的，是报国无门的怨歌；那凄楚肃穆的，是为国捐躯的悲歌。呵，为了这个神圣而崇高的字眼——"国"，悠悠岁月，竟有这么多用文字堆列的旋律，用曲调谱写的诗歌！

多少爱国赤子、仁人志士，在祖国危急存亡之秋，拍案而起，为民族的尊严、国家的独立、领土的完整、人民的生存，或投笔从戎，勇赴国难，或以笔为枪，直指敌人。

鲁迅发出"我以我血荐轩辕"的呐喊；吉鸿昌就义时，用他高贵的生命幻成一首不朽的诗篇，刻写在流血的大地："恨不抗日死，留作今日羞。国破尚如此，我何惜此头？"闻一多怀着"狐死必首丘"的纯情自海外投奔祖国："我来了，我喊一声，迸着血泪，这不是我的中华，不对，不对！"
这是儿子对母亲爱之深而痛之切的声音。艾青这样低吟：
"为什么我眼里常含泪水？因为我对这土地爱得深沉。"
正表现了一个知识分子的爱国苦衷。当日寇企图用黄河之
水濯洗他们屠刀上的血污时，冼星海创作了《黄河大合唱》。
滔滔黄河中，涌动着中国人民的热血，流淌着中华民族的
眼泪。这部合唱，将伴着黄河流向永远。聂耳、田汉的《义
勇军进行曲》，作为古往今来爱国歌曲之集大成者，有如
天之无极，海之有容，山之居高，地之负重，是我们民族
精神的象征。爱国传统的丰碑，将永远鼓舞着中华民族，
在振兴祖国的伟大事业中前进，前进，前进，进！

（原载《许昌日报》1995 年 12 月 9 日）

谁不与我同醉

——元宵观灯抒怀

当落日熔金，这儿早是彩车荟萃；当暮云合璧，这儿已是华灯初上；当夜幕低垂，这儿更是灯海连天。

呵！今夕何夕？等待了 365 天的男女老少，感应着闹元宵的欢快鼓点，也是怦怦然心鼓频催；顶不住这已有 2100 多年历史的"上元"佳节的引诱，更是跃跃然心旌摇荡。于是，不待"月上柳梢头"，便纷纷"人约黄昏后"，倾家空巷，汇成笑脸涌动、笑浪腾跃的春潮。人们拨亮自己心灵的灯，从四面八方奔向这灯的家族举行盛典之所在，为这辐射寰空的辉煌，再添上自己的一束生命之光。

人们呵，你心中的日历，将永远留下这凝重的一页，你体内的生物钟，将不无眷恋地停滞在这闪光的一刻。此刻，白昼侵犯了黑夜的边界，梦境占领了现实的版图。处处溢彩流光，令人目不暇接。裙裾飘飘的仙女，在我们凡夫面前，是如此夫唱妇随；憨态可掬的动物，在我们人类面前，是如此亦步亦趋；声光设备，在古老民俗面前，是如此绘声绘色；自控装置，在传统文化面前，是如此言听计从。应该感谢神仙世界和动物世界的这些友好使者们，还有物理世界的这些电子光子们，它们为我们的节日，平添了多少欢乐，为我们今天的盛世，平添了多少祥和！

谁不与我同醉，徜徉在这朦胧奇幻的氛围，踯躅在这柔和透亮的世界！路边，座座高楼盛饰钻石项链和翡翠胸针，直欲闭月羞花——这岂不是灯的峡谷；路上，鱼贯的车队被糖圆紧粘在节日的站台，一任满载的珍珠玛瑙拥挤着、跳跃着、推搡着，争相一展焕发的容光——这岂不是灯的河流！穿过峡谷，涉过河流，我不禁沉湎于河流的上源，那虽被岁月之波冲碎但仍依稀可辨的灯的倒影；苏味道笔下的"星桥铁锁开"的情状，欧阳修笔下的"花市灯如昼"的盛况，朱淑贞的"火树银花触目红"的描摹，辛弃疾的"东风夜放花千树"的渲染……呵！多么高雅的精神文明，多么华赡的物质文明，在我们伟大民族长达五千年的积淀中，幻化成今宵接天盖地的百宝箱，作为这笔遗产的继承人和所有者，怎能不惊叹和自豪！

谁不与我同醉，在这光中潜泅、光中奔突的时候，真是"空里流霜不觉飞"呵，化验一下吧，这儿的空气，浮动着多少光的"元素"？伸手抓它一把，手掌灿然生辉；吸它一口，心胸豁然开朗。呵！是太阳落山时撞出的碎片撒落在苍茫大地？是新的一年驾临人间时开路照明的仪仗队列？光中斑斓的色彩，这一派亮色中的暖色，尤其醉人。是春天带来的鲜花？鲜花哪有这熠熠的光华；是星空沉降到地面？繁星哪有这鲜艳的色彩！呵，这是花与灯的联姻，美丽和光明的结盟。还要佩服我们睿智的祖先，多会咬文

嚼字，称之为"花灯"。是的，它有花之造型，花之浓艳，花之妩媚，花之瑰丽，花之迷人摄魄，给人生气，给人青春的活力；它有灯的光焰，灯的闪烁，灯的璀璨，灯的明洁，给人理想，给人成功的希冀。

在这鸡年的花灯中，我最爱随处可见的鸡灯。你看它头戴大红冠冕，身披锦绣华衮，雍容大度，光彩照人，今宵俨然以主人和主角自居。请别厌烦它通过磁带的沉雄却又单调的啼鸣，重复着上台伊始时的演说，它是在呼唤我们"闻鸡起舞"呵！

面对这良辰美景，谁不与我同醉；面对雄鸡的呼唤，我们能不同醉！

人情的无奈

从报纸上见到一则趣事，一位送礼人将 200 元欠条包进红包，并说明待本人明年结婚时，此欠条即自行作废。随后，送礼人向记者道出了自己的苦衷：朋友结婚我应送礼，明年我结婚朋友该还礼，在"一个月要接到好几份这样的婚帖"而自己又处在囊中羞涩苦于应付的窘境中，不得已才出此下策。

为友人的新婚送去一份礼，实际上是送去一份友谊，一份温存，一份关切，是以一种参与的姿态支持和赞助友人迈着踏实的步子走向婚姻殿堂、偕伴继续美好的百年之旅。这，无疑有助于构建社会的和谐。不过，在这一来二往的礼节中，赤裸裸的金钱关系弄得游戏规则相当混乱，攀比揶揄了友谊，"竞价"戏谑了真情，笑脸缺乏心血的滋润。

时下，生活水平的稳步提高，总赶不上礼金"行情"的飙升，工薪阶层架不住被称为"红色催款单"的请柬频频光顾，寻常人家突发这样的经济地震，搞得不好就会酿成家庭风暴。婚家也许会说："他吃了喝了，钱没白掏！"此言差矣，须知，喜宴饕餮两个小时，家居伙食四五天！

到婚礼俱乐部去潇洒走一回,那张入场券,说不定是挪用老人的医药费、孩子的文具讲义费"自愿认购"的,是以长期占领家庭饭桌的植物纤维去取代喜宴上堆盘叠碗的动物蛋白为代价的。

商品经济的大潮确实冲开了人们的心窍,有的婚家,竟也不讳饰地论证婚宴所能提留的利润,或估算或结算完成盈利指标的情况,不乏战略家的魄力和企业家的精细。众人拾柴火焰高嘛,亲朋好友的纷纷投入,去掉婚礼的支出,即使再去掉准备以后投入几个今日未婚的投入者身上的金额,盈利仍是令人鼓舞的。因此,以婚礼搭台,让经济唱戏,不仅切实可行,而且效益可观。于是,扩大投资来源是关键的一招棋。

这套机制中也有非营利因素。比如,有的婚家出于面子考虑,唯恐亲家方看不起,就千方百计筑巢引凤,广招宾客,竭力营造高朋满座、门庭若市的热闹场面,一则可以昭告亲家不得小觑自己,更不得日后轻慢自己的儿子或女儿;二则借此风光风光,以慰平生,为垂老的记忆留下光彩的一瞬,而且,至少可以为闲聊提供这样的唠叨——没料到呀,那么多人要来道喜。于是,为了满足婚家的精神追求,大家就只好慷慨解囊了。

唐伯虎有诗道:"请托事情详细看,大都谁不逐炎凉。"这句诗虽然道出了世态人情,但于本文开头提到的那位送礼人不沾边,他实在是出于无奈,我理解他,同情他。我盼望有一种道义力量和文化规范,起一点阻遏作用。

鞭炮：解不开的情结

早就听说，鞭炮在一些大城市被明令禁止燃放，乍听时还闪过因噎废食的念头，但一想起这些年人们在年关竞赛式地燃放中常酿成火灾且迭有人员伤残，想起在深夜或拂晓被破窗而入的鞭炮声震撼得梦断魂惊的况味，我又觉得此举英明。

不过，理智和感情常相龃龉，它虽是"公安局"的嫌疑人，但往往又是"文化局"的座上宾。正是有着厚重的精神性，它才得以在广大农村、中小城市和部分大城市"风雨不动安如山"。燃放它成为人们欢度新春或庆典活动中不可或缺的仪式，成为我们民族特有的文化现象。

这是礼俗文化，从最早驱鬼祛邪的"庭燎"到爆竹（燃竹竿使之爆裂作响）、爆仗到今天的鞭炮，已有4000多年的历史，在这漫长岁月里，礼仪庆典、婚丧嫁娶、祭祀宴饷、奠基开业、迎新送旧等，都少不了它制造气氛，扩大影响，提高人气指数。可以说，我们民族文明史的进程，就是在鞭炮的伴奏之下轰轰烈烈、有声有色地推进的。再说，现代中老年的生命之歌，又何尝不夹杂着鞭炮的装饰音呢！

记得在我的孩提时代，隔一两天甚至天天总会从远远近近的东街西坊、南楼北舍传来阵阵或大或小、或疏或密的鞭炮声，而这轰响所营造的气氛，则多与良辰美景赏心乐事熔铸在一起。弥漫于空间的那特有的硫黄气味，虽不芳香（那时尚无污染一说），却是一种非常浓郁、具体的节日气息，以至直到如今，每每闻及这种气息就想起了过年或喜庆活动。那时候，每年春节，龙灯、旱船、踩高跷的队伍，哪家燃放鞭炮，就在哪家门前表演。那鼓，就像在心里震响，那鞭，就像在耳边爆炸，满眼舞绿飞红，满地鞭渣铺锦。在我幼小的心灵里，这就是经典的"节日气氛"，我乐得拉母亲弯下腰以便向她耳语：天天过年多好。母亲会心朗笑：好！好！我以后专买"年"多的日历挂在家里！此后多年，这段对话就成了大人取笑我的话柄。虽然，年关苦短，好景不长，但鞭炮从未销声匿迹。我和我的同时代人，还不时响应鞭声的召唤，熏沐着鞭炮的气味，看着一个个花枝招展的丽人走下花车登陆婆家，也在同样的生息濡染中参加寿宴或旁观商店开张。当然还有送殡之事，但那是母亲严禁介入的场合，我除了遥聆鸣炮之外一无所知。总之，在我的记忆中，深深地、牢牢地沉淀着鞭炮与锣鼓的交响，鞭渣炮屑与彩绸花饰的交织，节日文化与百姓生活的交融。

既然，燃放鞭炮在几千年的社会实践中早已形成一种民族文化，那么，这文化的生命力是不可估量的。在清初，有多少明末遗民为了不留辫子宁可不要脑袋，在民国推翻清朝 16 年之后，一代国学大师王国维还拖着辫子自沉北京昆明湖，专家虽提出几种死因，但主要殉于文化则无争议。就以鞭炮论，在居民稠密的大城市禁放当然应该，但这远非在全国范围内它将成为绝响，更不意味着这一文化现象的消亡。前几年，在北京郊外限定的可燃放区域，从市内驱车前往燃放者络绎不绝，现场俨然正规战场。武汉当年在禁放生效的前夜，其燃放场面大有掀翻黄鹤楼之势。呵，我们民族是一个轰然前进的民族，我们沸腾的生活激情也似乎很想借鞭炮夸张的声带向世界传达。是啊，让春节"悄悄地走""正如悄悄地来……""至又无言去不闻"，总像少了点儿什么，是吧？何况，我们民族的生息，本来就不同凡响，我们一鸣惊人的事还少吗？

前文提到的我和母亲当年在鞭炮喧闹中的那次对话，虽然是七八十年前的陈年往事，但从那时到现今，悠悠岁月，只要听到鞭炮声，包括电视里的鞭炮声，就想起了那段对话；只要是与人耳语，就想起了鞭炮，可见我们这代人和鞭炮的不解之缘。再说，前文提到的婚庆文化，一代代由古渐今、由中渐西，又由今返古、由西归中，一代代屡易嫁衣、屡易程式，走马灯似的不断切换的婚礼总要万变不离其宗地恭请"能使妖魔胆尽摧，身如束帛气如雷"的老掉牙的鞭炮莅临造势助兴，烘托喜庆气氛，提高幸福指数，祈求吉祥如意。可见让鞭炮淡出我们的生活，从我们民俗文化生态中销声匿迹，难矣哉！

"活他一千辈子吧"

在终年岁尾举行交接仪式的那个良宵，您坐在儿孙中间，凝视着电视里时钟的三个指针赶在"12"之下喜相逢的匆匆行色。您以自己的心跳，默数着秒针的步伐。当它们"三合一"的开心一刻，您被屏幕上欢歌与笑语齐飞、礼花共脸庞一色的景象所陶醉，喜不自胜地把小孙子或小孙女紧搂在怀里，祝贺他（她）又长一岁的时候，老人呵，您难道不知，就在这同一秒钟里，又一个美好的春秋，也扑入了您的怀抱。

向您祝贺，您生命的纪录，又登上了一个台阶；您人生的简历，又增添了一个页码！

假如，您在北国，想必是瑞雪敲窗；假如，您在南方，想必是鲜花盈门。但是，不论是迟是早，您将拥有一个花团锦簇的春天。

"年年岁岁花相似，岁岁年年人不同"，不必为这"人不同"三字皱眉，当年秦皇汉武以一国之尊，倾全国之力，也没能回天。您可曾想过，没有您的皱纹，怎显得儿女的润泽，孙辈的娇嫩！

正视这个现实，并不是让您被"流水落花春去也"的感喟引入认识的误区，从而杜门谢客，自惭形秽，独叹自己生命价值的失落。须知，您属于为新中国而奋斗的那一代人，您是我们国家亘古以来最伟大斗争、最彻底变革和最壮丽事业、最辉煌成就的参与者和见证人，您是一部关于中华人民共和国开国和建国历史的活词典。特别是，您有最完美的人格构成，兼容了传统道德以及共产党人的献身哲学为核心的革命人生观，您是德育的一本典范教材。何况，您的漫漫人生路，是在风风雨雨、辛辛苦苦中，胼手胝足、气喘吁吁地跑过来的。有难以计数的星期日，您是当作"星期七"在不事声张的工作中紧张度过的。您寸帛粒粟、点点滴滴地为共和国创造了、节省了大量财富，您挥汗如雨、纯情如痴地为共和国增添一砖一瓦，守护一沙一石。您拿了一辈子低工资，您做了一辈子高奉献，您吃了一辈子粗茶淡饭，您守了一辈子两袖清风。您呵！您这一代人，于国于民，何止是无愧无悔！应该说，是历史的骄傲，时代的光荣。

认识并肯定自己的价值，是开发生命潜能、启动您人生后期工程的必要前提。您退出工作岗位，远不是退出社会大舞台，因为这不是退却，而是转移。由一个集中、凝固、严密的层面，转移到一个分散、流动、宽松的层面。老人啊，这是您又一段新生活的开始。在一些您不曾一顾的地方，正有您的位置。深化改革、扩大开放的伟大方针，也同样给您带来了机遇。广大中青年正投向经济建设的主战场，在社会上，在家庭里，为您腾出了广阔的活动空间。

您的见识、经验、生产技术、领导艺术，您的公心、爱心、热心、责任心，在很多人的心目中，别具魅力，因而仍保留着某种竞争实力。至少，在作为社会细胞的无数家庭中，您的作用至关重要。有您在"后方"的紧密配合，才使奋战在主战场的儿孙无后顾之忧。"蛟龙日暮还行雨，老树春深更着花"，您蕴涵着充沛的余热，不仅温暖了人间，而且催开了家庭和社会的幸福之花。

人间是美好的，而您的健康和主动积极的活动，更能增加它的和谐、充实、完整、平衡。

雪花飘飘年来到，一元复始万象新。愿天下老人以崭新的姿态，面对崭新的春秋。应该去掉暮气，调适心境，再振雄风，重塑形象，在这机遇与挑战并存的时代，不断强化自己的适应力。保重，进取，豁达，坚强，让自己的能量释放，价值升华。

岁月不居，春秋代序，老人呵，贝多芬说过："生活是这样美好，活他一千辈子吧！"

（原载《老人春秋》1996 年 1 月）

感受古代学子的"考试关"

一年一度牵动千家万户的高招工作，现已进入后期，多少年轻学子，瞪大眼睛企盼的国家对其考分的"终审判决"，前几天已由电脑庄严"宣判"，于是几十天的惴惴不安和暗自祈祷，变成了如今的"几家欢乐几家愁"。

除了文化史、教育史有大量记载之外，古典诗词中也有不少反映这种闹腾和折磨的篇什，这里说一点儿，或可为"欢乐"者助兴，为"愁"者解闷。

隋代开始的科举制度，是古代通过定期举行的科目考试，根据成绩录用人才、提举官员的一种制度。这种在分数面前相对平等的选拔人才途径，极大地调动了广大知识分子"学而优则仕"的晋身之道。于是，无数知识分子为此"头悬梁、锥刺股"，苦守寒窗，磨穿铁砚，"读书破万卷"，把整个青春甚至更多的岁月投注到四书五经、"子曰"、"诗云"上。唐代诗人刘德仁在应试前回首过去经历的那段"文化苦旅"，不胜感伤，写出了"自嗟辜负平生眼，不识春光二十年"的诗句。是啊，二十年的花样年华，竟对旖旎春光目不旁视，可见其精诚所至，唯在笃学。他在另一首诗中有"如病如痴二十秋，求名难得又难休"两句，这就更进一步道出

了他为金榜题名的殊荣付出的代价，不仅身体受到摧残，精神也被扭曲，求名之路虽漫漫其修远，但他岂肯罢休！考生应考须远赴省城京城，跋涉之劳和羁旅之苦，他们当然甘之若饴，但内心的紧张与疑惧，却拂之不去。另一位诗人李山甫的七律《赴举别所知》典型地道出了考生的这种心态（这里只摘前四句）：

> 腰剑囊书出户迟，
> 壮心奇命两相疑。
> 麻衣尽举一双手，
> 桂树只生三两枝。

奇命指不好的命运；麻衣专指应试之衣，代指考生；古指登科为"折桂"，末句本此意发议论。此诗说明，虽然整好行装，但出门时仍迟疑不安，担忧心徒壮而命不佳，难遂折桂之愿，因为名额只有两三个，僧多粥少啊。

达到分数线称及第，进而任官称登科，及第登科自是宠幸有加，而众多名落孙山者，当然于"心戚戚焉"。诗人罗邺的《下第》诗就写出了此中况味："此时惆怅便堪老，何用人间岁月催。"著名诗人张碣的《下第有怀》则把这种愁说得具体而俏皮："灭烛何曾妨夜坐，倾壶不独为春寒。"无灯而枯坐，倾酒而独饮，都是不堪其愁的无奈之举。不过，他们往往愁而不气馁，矢志弥坚，不断地自我超越，最终金榜题名。落榜的阵痛，常是卧薪尝胆的开始，天道酬勤，古今一理。著名的苦吟诗人孟郊两度落榜，更加刻苦自励，终于三战而捷，他的五绝《再下第》说："两度长安陌，空将泪见花。"写得凄苦，两次赴京都落得泪眼观花。可是下一首七绝《登科后》迥然异趣："昔日龌龊不足夸，今朝放荡思无涯。春风得意马蹄疾，一日看尽长安花。"前后两诗的主人公真是判若两人！这两首诗展示了一位奋斗者和成功者的足迹。

宋代大词人柳永则采取了此路不通便另辟蹊径的态度，他落第后填的《鹤冲天》云："黄金榜上，偶失龙头望。明代暂遗贤，如何向。未遂风云便，争不恣狂荡。何须论得丧。……忍把浮名，换了浅斟低唱！"

既然金榜无名，索性狠狠心，到烟花巷陌去寻访意中人饮酒唱曲去，要浮名作甚！这首调侃之作，貌似自甘沉沦，实则桀骜不驯，他的自尊自信在这次考场碰壁时激起的火花，点燃了他艺术创作的惊人才华。从此，北宋朝廷少了一名官员，中国词坛却多了一位名垂千古的赫赫词家。可见，人的生命潜能，犹如地底岩浆，说不定就会在哪个火山口，做一次耀人眼目甚至震动大地的喷发。寄语落榜青年，不妨从这里汲取力量，顺便奉送柳词名句："衣带渐宽终不悔，为伊消得人憔悴。"不过，这"伊"的定位应该是学业和事业。

2001 年 8 月 18 日

桃李不言　下自成蹊

对于我们这些"感情的动物"来说，从本能上厌恶"死"这个不祥之词，兔死而狐悲，更何况我们这些万物之灵？不过，掐指一算，却也经历了不少他人之死的感情冲击波对自己心灵的拍打。当然，那些逝者，毕竟有亲疏远近高下良莠之别，自然不是一视同"悲"，于是每当获悉死讯，或愕然，或悯然，或凄然，或泫然，但也有对之木然、漠然、释然甚至欣然的。所谓"亲戚或余悲，他人亦已歌"，是就亲疏而言的，而死者人格的高下，给生者带来的冲击，自有不同的心理效应。

有的人，生前活得很火爆，火爆得犹如《红楼梦》所说"烈火烹油、鲜花着锦"的地步，然而身后却很寂寞，甚至尸骨甫寒而微词方炽，此类人古今不少。有的人，生前活得质朴无华，淡泊自处，甚至还有点窝囊，但身后声名愈噪，褒颂不绝，泽被孀妻弱子，此类人古今亦不少。英国幽默大师萧伯纳说得好："生使一切的人站在一条水平线上，死使卓越的人露出头角来。"

就说国内演艺圈中的那些知名人士吧，从对追星族的吸引力和凝聚力来说，从一次演出的要价和票房来说，赵丽蓉的排名序号无疑是两位数，恐怕还是好多两位数之后的两位数。然而，寥寥几句关于她病逝的消息，却像一股寒风，一下扫去了荧屏前几乎所有的笑脸。对于这一位以幽默牵动观众的兴奋神经从而使大家尽享开怀解颐之乐的老大娘，善良的人们，一时还难以接受死神对这一切的否定，更难以接受视野和心境的这块绿地从此荒凉。

　　莎士比亚说，这个世界是"每个人都必须独自演出一个角色的大舞台"。是的，在生活舞台上，赵丽蓉热情泼辣而又温厚慈祥，怀着一颗平常的心，做着一个平常的人，坦然面对身患的绝症，拒绝名医诊治，理由是"不能毁了医生的名誉"，仅此一例即洞见其人品。她的人生坐标正是由这种人品来确定的，即使在被掌声淹没之时，也须臾不曾离开这个坐标。而每次由生活舞台登上艺术舞台后，她仍然一以贯之地坚持固有的思想轨迹和生活套路。成名作《英雄母亲的一天》中的那位母亲，演员和角色浑然一体，台下生活和台上表演别无二致。英雄是卓越的，而其母亲却是平凡的，平凡到对瞄准自己的摄像机不屑一顾，而念念不忘要去"买豆腐"。这不是卑微，试想，难道儿子当了英雄，母亲就不食人间烟火了吗？难道头上要多少有点光环才配做英雄的母亲吗？还有，她在《打工奇遇》中对真和善的呼唤，在《如此包装》和《追星族》中对真正的美的呼唤，把无数观众呼唤到自己这一边。心的沟通，情的相连，是这位平易近人、从不矫饰的人民艺术家征服观众，也获得全国观众喜爱，以至死而不舍的本质原因。

赵丽蓉的去世，引发了我关于活人对死人态度的思考。

陆游教导想写诗的儿子说"功夫在诗外"，我以为，那些名人想在身后落个较好的名声，需要有经得起推敲的人格，需要有踏踏实实的贡献，沽名钓誉，哗众取宠，适得其反！司马迁在《史记·李将军列传》中，说李广"及死之日，天下知与不知，皆为尽哀。彼其忠实心诚信于士大夫也。谚曰：'桃李不言，下自成蹊'，此言虽小，可以谕大也"。

诚哉斯言，当为活人之鉴。

冰心永恒

冰心，这位德高望重的中国作协名誉主席，与20世纪联袂而来，一生与世纪风雨同行、忧患与共，却在离终点仅一步之遥的地方，飘然仙逝。这不禁使我想起她早年在成名作《寄小读者》中所说的话："假如我的死能演出一出悲剧，那我的不死，我愿能演一出喜剧。"怎样演呢？她接着说："在众生的生命上，撒下爱和同情的种子。"此时她年仅24岁，在此后的四分之三世纪里，她以如椽之笔，果真在缺乏爱并呼唤爱的年代，高扬起爱的大旗，给不幸者以抚慰，给孤独者以亲情，给怯懦者以勇气，给迷惘者以希冀，把满脑子的人性美，灌输给那个污浊的社会，把见到的自然美，移植到那个污秽的人间，到晚年，仍"希望人民生活得更好，少一些人间的不公"，就这样在爱的奉献中度尽天年。对此，我们这些晚辈，与其说悲痛，毋宁说是高山仰止般的崇敬和游子盼母般的怀念。正如王安石在悼念一代宗师欧阳修的祭文中所说："生有闻于当时，死有传于后世，苟能如此足矣，而亦又何悲！"

磨亮她的生命，使她光彩照人的，当然还是与她孪生的20世纪，是这个世纪的风雷雨电。五四运动的狂飙，把

她这个年仅 19 岁的女大学预科生，吹上了学生自治会文书的战位，又吹进了北京女学界联合会的宣传股，从而使她成为中国民主革命曙光中的一个耀眼的亮点。她还说："我原想学医，是当时反帝反封建的怒吼，把我'震'上了写作的道路。"此后，她怀着"人间只有同情和爱恋、人间只有互助与匡扶"的美好理想，发表了大量散文、小说、诗歌，形成了她笔耕生涯的第一个高潮，特别是其中的《寄小读者》，作为中国现代文学宝库中的经典，感化、陶冶了无数中外读者，也使她被定位为 20 世纪文学大师、"中国现代文学的祖母"。新中国成立后，特别是改革开放以后，尽管她年事已高，但爱心弥笃，"苍龙日暮还行雨，老树春深更着花"，新作不断问世，并几次荣膺国家级文学奖，奇迹般地重返旺盛的创作青春，再次形成高潮。比之旧作，她身上的两重性，即对现实生活的关注和对美好理想的追求，已臻于珠联璧合的化境，其思想之深邃、文笔之老辣，其长者之风、大家之范，令人心折神驰。见诸《光明日报》的一篇短文《无士则如何》，精警犀利，切中时弊，非等闲辈能写，非等闲辈愿写。老人家被誉为"中国知识分子的良心"，并非偶然。

冰心的漫漫人生路，以少女的纯真，以大姐的雅范，以母亲的温厚，以祖母的慈祥，运用她特有的柔美细腻的笔触，孜孜构筑，娓娓写来，诲人不倦，动人以情，赢得了一代代"小读者"的崇拜和亲昵。在我们心目中，她首先不是一位作家，而是呵护自己又手把手教自己做人、作文的妈妈，是照看自己又絮叨着给自己讲故事的奶奶，这妈妈和奶奶的直觉，并不因自己——比如笔者——步入老年而淡却。

　　她的父亲，是参加过中日甲午海战的骁勇爱国将领，冰心这位将门虎女，血管里周流的，自有英雄碧血，她的眸子，当沉淀着五四运动时长衫短裙组成的哀哀学子队列，这使她既有大家闺秀的儒雅，更有海的胸襟，火的热情，她不负 20 世纪这个伟大的时代！80 华诞时，她曾说："我的生命的道路，如同一道小溪……有时凝涩，有时畅通，但它还是不停地向前流着。"令人哑然失笑的是，这位 1951 年由日本东京大学《中国新文学》的讲坛上百川归海似的流回社会主义祖国的冰心，1966 年未能"免俗"自不待言，1970 年以老弱的"古稀"之躯又被迫流到千里之外的"五七"干校劳动改造了一年多。但她的生命之流，涛声依旧，应和着 20 世纪的时代大潮，滚滚向前。今年 2 月 14 日，朱镕基总理躬临病榻，祝祷康复，这说明了党和人民对她的崇高评价。

　　冰心终其一生挚爱孩子的天真，她说自己"要保守这一点天真直到我转入另一世界时为止"。如今，老人家虽然转入了另一世界，但她把那饱经岁月、历尽沧桑、难得保存而终于保存的童真，还有母爱，留在了人间。"洛阳亲友如相问，一片冰心在玉壶"，这冰心，就是晶莹透明、纤尘不染、光明磊落、真挚无瑕的心，就是让人一眼就能看透的、了无矫饰的坦荡淳厚的心。老人家就是凭着这颗心，

温暖了并换来了无数的心。呵，人间任冷暖，冰心自永恒。

（原载《许昌日报》1999 年 3 月 15 日）

回眸《还珠格格》

《还珠格格》潇潇洒洒，缠缠绵绵，在今年盛夏时节刮起了一股清凉的旋风。如今，剧终人散，但街谈巷议之中，茶余饭后之时，常闻格格话题，可见，"格格热"余温难尽。一部并非写实且与百姓生活隔着时空鸿沟的长达六七十集的电视剧，居然在如此广泛的层面上把男女老少都准时召集到荧屏前，与格格不见不散，见后还啼笑与共，实在是这几年罕见的现象。

这种轰动效应岂止许昌，报载，海峡两岸莫不如是。究其原因，人们说：爱小燕子敢说敢为，敢恨敢爱，一腔热血，满身正气；爱剧情曲折，引人入胜；爱诗情画意，令人陶醉……我以为这些答案无疑正确，但不全面，光靠小燕子的天真无忌、走地飞天、妙语哗众之类的插科打诨，毕竟单薄而苍白，缺乏厚度和深度。其实，还珠格格以外的人物，特别是紫薇和尔康，演绎了《还》剧更为重要的内容。因此，此剧的成功，不仅仅是作为娱乐片给观众以精神的愉悦，而更重要的是以其厚重的思想内涵和犀利的战斗锋芒，从灵魂上征服了观众。

非常成熟的琼瑶，在这部神来之作里顽强地表现了她

深厚的历史文化积淀和凝重的思想道德意向。为能挥洒自如地实现她这种亦庄亦谐的创意，选择浪漫主义表现手法是情理中事。因此，似乎不必拿清史去指点它的错讹以及拿内地的标准去指责这位台湾的作家。浪漫主义，就其实质来说是理想主义，琼瑶把她进步的理想——她的价值取向和美学趣味，通过一个古老的宫闱轶事，按早已有之的"戏说乾隆"的模式娓娓道来。而我们却可以而且应该从这份精神快餐中摄取必要的思想道德滋养。

第一，《还》剧大力张扬了人性，以浓墨重彩宣泄了人所共有的爱情、友情、亲情，以情造剧，以情感人，让观众深陷于情感的纠葛之中，吞咽剧中人的苦涩和甜蜜。

就爱情来说，小燕子和永琪没有什么花前月下的卿卿我我，却虎视眈眈地守护着他们的那块心灵领地，偶有疑窦即醋意冲天。紫薇和尔康的邂逅不堪回首，正是那种刀光剑影才洞见了彼此的心扉，于是山盟海誓于前，坚贞不二于后。尔康不顾太后、皇上的旨意，拒绝了才貌足与紫薇媲美的晴儿，又打发了温柔善良、楚楚可人的金锁，献给心上人一颗绝对完整的心。蒙丹和含香私订终身，7 次出逃。这对草原儿女的故事，又感动了格格阿哥们，他们毅然把含香从皇帝眼皮底下"盗"出，交给蒙丹。还有柳青和金锁在患难中的结合，等等。这一对对，都是以心相投，以义相扶，以身相许，以命相托。应着重指出的是，在人们对情爱看得比较轻率、影视剧作者热衷于写三角恋爱的今天，此剧爱情的最大特点却是一个"专"字。尔康说，"有情不专，是一种犯罪""专情是对感情的认真和负责"。含香身为皇妃而不忘青梅竹马的蒙丹，她凛然正告前来寻"幸"的皇上："你可以杀我，可以占有我……你就是没有办法把他从我心里赶走，他永远活在那儿。"面对这位伟大的爱神，风流的皇帝到底没能玷污她的圣洁。这些恋人，一旦构筑了自己爱情的暖巢，就容不得他人侧目。晴儿说得多么动人："如果我破坏了这份感情，我会恨死我自己，老佛爷，请帮我积德！"还应指出的是，尽管这些爱情浓得醉人，却绝无时下屏幕上的那些叫一起观看的两代人尴尬不堪的镜头，可见，其艺术魅力来自高尚情操。

就友情来说，漱芳斋的5个人加上柳氏兄妹和箫剑，为了帮助萍水相逢的蒙丹，不惜以人头做赌注，策划并实施"大计划"，两个格格因此差点被处斩，这伙人又一次甘愿抛头颅劫法场，一向韬光养晦的箫剑，此时也大打出手，并在其后的逃亡中对伙伴慷慨相扶。"布娃娃事件"中，漱芳斋全体"嫌疑人"争相"招供"受斩，目的是为了让别人解脱。这些青年男女，"红尘做伴，活得潇潇洒洒"。值得一提的是，这些刎颈之交，超越了贵贱尊卑、文化教养等社会障壁，誓同生死，正如晴儿所赞："他们活得多彩多姿，我觉得，他们是那种可以为朋友两肋插刀的人。"

就亲情来说，紫薇对死去的夏雨荷须臾不忘，对刺向父亲的利刃坦然相迎，以身屏蔽。同样面对要追杀自己的皇帝，永琪却和志同道合的小燕子表现出微妙的差别。箫剑知道小燕子是胞妹后对其倍加呵护，小燕子对有个

胞兄则欣喜若狂。所有这些，是不带功利因素的血浓于水的感情。

琼瑶以女性的细腻和诗人的气质，对人的感情世界探幽发微，深中肯綮，她借紫薇的口说："人类最没有办法勉强的事就是感情了。"她对这些不能勉强的精神元素，写得出神入化，令人动容。

第二，《还》剧大力倡导了理性，突出了一个"恕"字，这就是儒家所谓的"恕道"。紫薇的一句箴言获得了剧中人的广泛认同，那就是"人生最大的美德就是饶恕"。晴儿又对这句箴言作了诠释："人心都是肉做的，让那个人感动，还是比让她砍头好。"本来，皇宫就是一个极权恶性肆虐的所在，只有皇帝生杀予夺的霸道，哪有什么恕道可言。紫薇以娇弱的女儿之身，熬住了皇后、容嬷嬷屡屡相加的肉刑，用她能化解仇山恨海的博大胸怀，以柔克刚，直至在关键时刻，竟以自己生命的护身符，去挽救仇人的生命，终于使她们在强大的道义力量面前改恶从善。事实上，从进宫伊始，紫薇就以其特有的懿德笃行、豁达大度的人格和知情达理、温文尔雅的风范，在实施她用恕道改造霸道的系统工程，作威作福的皇帝，实际上是在她的潜移默化下"于心有戚戚焉"。从宗人府逃出宫外，又因走投无路归来投案后，她对皇帝说"我知道这是一个必输之赌，我唯一的筹码就是皇上的不忍"，终于化暴戾为温和。箫剑杀父之仇的涣然冰释，固有多种原因，但被恕道所染是主要原因。显然，琼瑶是通过紫薇这个与小燕子迥然异趣的人物，向争斗纷纭、杀机四伏的现实世界，倡导一种轻松和谐、宽恕容忍的理性原则，化仇敌为朋友，化干戈为玉帛，让人间氤氲着温馨祥和、爱心融融的气氛。

第三，《还》剧把现代意识写进了古代故事，把民主思潮写进了宫廷生活。小燕子一进漱芳斋就不许宫女太监自称奴婢和行跪拜礼，也对自己在"上司"面前不得不如此的行止如仪感到痛心疾首，她还以软磨硬抗的态度来应付对她进行的宫廷礼仪强化训练，并多次出言不逊，甚至大声谴责皇上"狠心""残酷""无理"和食言。紫薇教导皇帝：你爱的香妃早有男友，你虽是万乘之尊，也要讲个"先来后到"呵。当皇帝怀疑她的亲生女儿身份时，她不屑表白，只说了一句："你不配我娘！"如此蔑视君权、渎犯天威的断语，就这样当着皇帝的面从她口里呼啸而出，真是气壮山河。剧中不少镜头，揶揄、作践了皇后甚至老佛爷。小燕子曾对老佛爷说过，"您认为民间都是些'不三不四'，我认为宫里才有好多'不七不八'的事呢！"含香对皇帝说得更引人注目："如果你把我看成一个女人，就请尊重一个'人'的权利让我活得有尊严一点，让我有自由的意志，有说'不'的权利！"这些都闪耀着民主、战斗的光辉。

《还》剧道白中有两个使用频率很高的词语，一个是"震撼"，另一个是"匪夷所思"，这正好说明《还》剧好多出人意料的情节安排，体现了一种超拔卓越的思想，叫剧中人为之震撼，并惊呼匪夷所思。而我们观众，也正是从

这些匪夷所思的震撼中获得道德的滋养和审美的满足。

（原载《许昌日报》1998 年 12 月 3 日）

"镇山太岁"的精明举措

——小议《红楼梦》的改革意识

　　《红楼梦》第 55 回，荣府的奴仆们称总管家王熙凤为"巡海夜叉"，称暂代管家之职的李纨、探春和宝钗为"镇山太岁"，按中国古代神话传说，前者系恶鬼，后者系凶神，其实，在这三人组成的领导集体中，李纨心慈面软，无意得罪人；宝钗八面玲珑，唯求笼络人；能和"凶神"的称号名实相符的，当是探春。

　　对探春这位贾府的三小姐，仆人兴儿的介绍一语中的："三姑娘诨名是玫瑰花——玫瑰花又红又香，无人不爱的，只是有刺扎手。"可见探春的魅力，小说中的金陵十二钗判词，对她的评判是"才自精明志自高，生于末世运偏消"，"精明"是探春迥异于众姐妹的基本素质和性格特征，尽管她的诗词创作颇逊林、薛，然而智商却高于她们，小说第 56 回"敏探春兴利除宿弊"，作者把"精"的单音近义词"敏"独冠于她的芳名之上，措辞甚准，她虽处深闺，但思想触角早伸出了女儿国的疆界，她曾流泪对其生母说："我但凡是个男人，可以出得去，我必早走了，立一番事业，那时自有我一番道理，偏我是女孩儿家……"至于她的知

识视野和感悟神经，也往往跨越了大观园的高墙，连凤姐背地里也说："她虽是姑娘家，心里却事事明白，不过是言语谨慎；她又比我知书识字，更厉害一层了。"她为人处世，工于心计，长于应付，严于自律，慎于言行，既有女子的细腻，又有男子的襟怀。这一性格和本领，博得了掌握荣府人事大权的王夫人的器重和信赖，表现在小说中，就是"探春理家"这一情节。

探春她们三人每天按时到"议事厅""上班"，实际上出谋划策、临机决断、协调关系、发号施令的却都是或者主要是探春。她是以带有某种资本主义色彩的封建主义改革派的姿态进入"议事厅"的，她的就位，给死气沉沉的贾府带来了一些躁动。

探春理家的第一项举措，就是废除了贾府爷儿们上家学时每人每年八两银子的名曰"吃点心或者买纸笔"的补贴，以及众姑娘每人每月二两银子的购买"头油脂粉"的补贴。探春认为，上学的爷儿们已有专项教育补贴发到人，姑娘们每月已有二两银子的零用钱，且头油脂粉早有专人统一采购也分发到人，上述两项补贴属重复开支，理应废除。

探春理家的第二项举措，就是对大观园原有的管理体制进行较大力度的改革，把这个单纯具有观赏游乐职能的私家花园，变成具有生产经营职能的对社会有点开放的综合性园林实体。探春从赖大对家中园地的经营管理中得到启示，首先提出要在大观园借鉴并发展他们的那些做法，她的构想得到李、薛的赞同，也得到园内全体男女"员工"

的拥护。她们将所有人员进行明确分工，使园林打扫、花木修理、粮食种植、果子采摘等各有专司，操作有序。除按旧例供给"官中"一些果品花卉等产品之外，还鼓励他们提高产量，将剩余产品自行出售，所得归己，只是年终时"问他们一年可以孝敬些什么"就行了。重要的是，这些任务由一人或几人分片、分类承包，各负其责，各有所事，不能像往常那样游游逛逛，赌博吃酒，探春所做的主题发言是这样勾画她的设想的："咱们这园子只算比他们的（赖大家里的园子）多一半，加一倍算，一年就是四百两银子的利息。……即有许多值钱之物，一味任人作践，也似乎暴殄天物。不如在园子里所有的老妈妈中，拣出几个本分老诚能知园圃的事，派准他们收拾料理，也不必要他们交租纳税，只问他们一年可以孝敬些什么。一则园子有专人修理，花木自有一年好似一年的，……二则也不至作践，白辜负了东西；三则老妈妈们也可借此小补，不枉平日在园中辛苦；四则亦可以省了这些花儿匠山子匠打扫人等的工费。将此有余，以补不足，未为不可。"

李纨听后，马上表示赞同，她说："好主意。……第一有人打扫，专司其职，又许她们去卖钱。使之以权，动之以利，再无不尽职的了。"接下来，小说有如下几句叙述："探春与李纨明示诸人，某人管某处，按四季除家中定例用多少外，余者任凭你们采取了去取利，年终算账。"这一项举措，李纨总结得很好，"使之以权，动之以利，再无不尽职的了"，寥寥数字，概括了经济学和管理学中

的本来非常清楚但一直有很多大人物不曾懂得的道理。这些说法和做法，虽不敢断言是今天农村家庭联产承包责任制的一种遥远的滥觞，但可以承认两者的某项某些相似之处。

探春理家的第三项举措，就是到年终算账交钱时，不必直接交到账房，这就避免了中间辗转的环节，用探春的话来说，就是经过一个环节，"又剥一层皮"，为了不让剥皮，就把钱交到她们这里，她们用这笔钱支付别的开销，即以收抵支，在这收支的过程中适当提取，用以奖励奴仆，并留点公积金。这既可防止账房从中克扣渔利，又可使盈利派上用场。

以上三项改革举措，在不改变封建制度生产关系的前提下，尽量解放了生产力，充分使人尽其才，地尽其力，物尽其用，既开了源，又节了流，在当时的历史条件下不失为当家理财、用人处事的上策。

这样好的一个理家方案，可惜只有短效，并无长功，这是探春的悲哀，但不是抗争的过错，稍懂点马克思主义哲学的人都知道，她的失败是历史的必然，她是在一个怎样的时代、怎样的制度、怎样的环境里做这种劳而无功的困兽之斗的呢？小说第二回中，作者借冷子兴之口说了这样一段"演说荣国府"的话：

古人有云："百足之虫，死而不僵"……如今生齿日繁，事务日盛，主仆上下，安富尊荣者尽多，运筹谋划者无一；其日用排场，费用，又不能将就省俭，如今外面的架子虽未甚倒，内囊却也尽上来了。这还是小事。更有一件大事：

谁知这样钟鸣鼎食之家，翰墨诗书之族，如今的儿孙，竟一代不如一代。

这不能俭省的安富尊荣，这代代不如的不孝儿孙，注定了这个贵族之家及其赖以生存的封建制度的必然灭亡，小小一个探春，怎能扶大厦于既倾？她失败了并远嫁了，但她有足以垂范于现代读者的可取之处。

第一，是她励精图治，锐意改革，不为祖宗成法所囿、敢于干预生活的进取精神，这点本文不再赘述。

第二，要改革，必须要触动某些人的既得利益。探春的可敬之处，是她先从自己和自己的亲人开刀，以身作则，不遗口实，不留把柄。她进入"议事厅"所做的第一件事就是碰上了亲舅赵国基去世，生母哭着闹着要她按府中定例再多给二三十两银子的丧葬补贴，她不理会凤姐捎来的可以多给银两的口信，断然拒绝了母亲的要求。接着，前文已提到，她废除的上学补贴，就包括她亲弟弟贾环的，同时，她废除的化妆补贴，就包括她本人的。无私则刚，威重令行，古往今来，该有多少人被一个"私"字捉弄得没脸见人！

第三，她身为贵族小姐，"一洗绮罗香泽之态"，不安于闺阁，志存高远，敢想敢为，敢反潮流，足让人敬重。

1998 年底

想起了林则徐

历史老师敲着讲台，喷着唾星，讲述近代史上鸦片战争的那两堂课，每每想起，仍恍如昨日。想当年，我们这些初二学生，沉浸在那种由同仇敌忾的爱国激情所形成的精神氛围中，是如何恭谨肃穆地听任老师口里呼啸而出的历史风暴，扑打着自己稚嫩的心灵！因个子矮常和讲台顶桌而坐的我，竟不曾趁老师转身奋笔板书之机，挥手抹掉脸上的唾星，似乎，那湿漉漉的，是每一个炎黄子孙感同身受的切肤之痛呵！再说，我们都好像进入角色，成为虎门海滩销烟池边愤然操作的兵弁，已被鸦片的毒雾熏得透不过气来，哪有闲心顾及脸上有什么东西"登陆"！

此后好多年，一看到日历上的6月3日，心中便升腾起虎门销烟的滚滚风云，涌动着三元里"平英"的滔滔人流。而今，6月3日，这个中国人民在世界面前第一次强烈昭示自己威武不屈、神圣难犯的日子，正满面光彩地走来。缅怀青史，我想起了林则徐。

要说，林则徐是生不逢时的，两千多年封建社会的末世，两百多年清王朝的末日，这两个千载难逢之"末"，居然冲着他联袂而至。于是，价值的颠倒，社会的无序，当权者的糜烂、昏聩、暴戾和怯弱，使胸怀"经世致用"之学并甘为社稷"竭股肱"的他，就像拿着一个烂透的苹果，尽管馋涎欲滴，却无从下口，这就注定了这根民族脊梁终被摧折，"长使英雄泪满襟"的可悲结局。

当时，大清帝国的命运已是岌岌可危，更哪堪鸦片风行，白银外流。清兵甚至更爱手中的烟枪，统治者则在大烟的氤氲中飘飘然，岂知英王维多利亚陛下正在为他们实施"安乐死"。

在这严峻的历史关头，是林则徐疾呼"若犹泄泄视之，是使数十年以后，中原无可以御敌之兵，且无可以充饷之银"；是林则徐力排众议，亲临广东，怒喝洋人，严惩烟贩，收缴鸦片，尽行销毁；是林则徐训令英人立下保证书，如再运鸦片则"货尽没官，人即正法"；是林则徐将自己的家属和僚属移驻虎门前线，并组织爱国军民，严密布防，亲自督战，英勇打退英国入侵者。但是，敌人知道，把炮舰开到林则徐鞭长莫及的北部海疆，将会制服清政府。——果然，"国际性玩笑"出台了，林则徐"误国病民"，革职查办！"查"什么？越"查"越伟大！"办"却不可宽贷，发配伊犁！

林则徐走了，炮台拆了，香港丢了，白银赔了，烟灯亮了，洋人笑了，国人哭了，而道光皇帝感觉如何，未敢揣测。只知他曾下旨，命发配途中的林则徐，速去河南开封，治理因黄河决口而造成的严重水灾。大功告成后，继续西行服罪，由理性的沙漠走向自然的沙漠。林则徐是坦然的，

无愧无悔，他说："余明知禁烟妨碍奸夷大利……而毅然决然不敢稍存畏葸之心者，盖以身许国，但求福国利民……自身生死尚且付诸度外，毁誉更不计及也。"

一个半世纪过去了，可以告慰英灵的是，和钦差大臣的头衔一道丢失的香港，已在倒计时的钟声里踏上归途。维多利亚陛下的后代早就对林则徐的后代刮目相看。

林则徐九岁就写出了精妙无比的联句"海到无边天作岸，山登绝顶我为峰"。是啊，在当时国人的群山中，林则徐是一座俯视神州、傲对世界的高峰！

想起了秋瑾

三月，带着它拥有的关于妇女话题的"专利"，和春花春柳结伴而来。加之第四次世界妇女大会即将在我国召开，又使这一"专利"大为升值。于是，人们津津乐道诸如妇女的觉醒、地位、现代意识的建立、能量的发挥乃至服饰打扮等话题，聆取之余，我不禁想起了秋瑾。

这个近代英烈的名字，是带着厚重的历史负荷落上我的稿纸的。这名字，驱走了我思绪中的钗光鬓影，显现出了她以自己的头颅，使神州为之震颤的壮烈场景。

中国妇女几千年来在封建社会所承受的万钧重压，于秋瑾身上得到了空前强劲的反弹。"浊酒不销忧国泪，救时应仗出群才。"然而，她痛苦地感到，眼前大都是得过且过的庸夫俗子，而自己早有"忍看图画移颜色，肯使江山付劫灰"的忠肝侠胆和"拼将十万头颅血，须把乾坤力挽回"的壮志雄心，当然是个济时救世的出群之才。但使她抱憾终生的是，自己竟是个女儿身：

苦将奴（我），强派作蛾眉，殊未屑！身不得，男儿列，心却比，男儿烈。算平生肝胆，因人常热。俗子胸襟谁识我？

英雄末路当磨折。莽红尘，何处觅知音？青衫湿。

在那个呼唤英雄的时代，她这个被时代造就的英雄，却被强行派入闺阁绣户，她简直不能接受这个现实，更不屑锦衣玉食的生活，于是，正经受着好多走在时代前列的杰出人物所经受的不被理解的孤独和痛苦。

"自由香，常思爇（烧），家国恨，何时雪？"作为革命者的秋瑾，热爱并向往自由，为了自己和广大妇女的解放，她愤然走出闺门，完成了她人生的第一次飞跃。作为爱国者的秋瑾，为了洗雪中国人民的家国之恨，她毅然走出国门，完成了她人生的第二次飞跃。

祖国沉沦感不禁，闲来海外觅知音。金瓯已缺总须补，为国牺牲敢惜身？嗟险阻，叹飘零，关山万里作雄行。休言女子非英物，夜夜龙泉（指剑）壁上鸣。

她两番东渡日本，求索救国道路。回国后，创办报纸，宣传革命；同时，筹划、组织并亲自领导武装起义，但失败被俘。面对敌人的刑讯，她大义凛然，英勇就义。

巾帼英雄秋瑾，是我们民族的骄傲，尤其是中国妇女的骄傲。她的价值观，在当时的封建桎梏中，大到对朝廷官府、三纲五常，小到对丈夫家庭、妇道闺训，均做了全面的否定、批判和进攻。

纵观秋瑾短促而光辉的一生，哪有一丁点儿中国旧式妇女常有的那种甘于充作玩物、俯仰随人，长于庸庸碌碌、苟且偷安，惯于俯首听命、低眉顺眼，安于愚昧无知、敬神信鬼，乐于小家经营、胸无社稷等劣根性！更不用说她的革命生涯、烈士伟绩了。须知，她是早于我们一个世纪的历史人物呵！

时代潮流，一泻千里，历史沉渣，涤荡殆尽。

愿秋瑾的英灵，笑对她的后辈。

拥抱大自然

天公有情，春随人意，才几天工夫，又见一年春草绿。步出大门，那春的气息，春的感觉，春的温馨，春的快意，不仅扑面而来，而且沁入心脾，我心里的呼唤，简直要脱口而出，慢慢平静下来后，写了两首七绝，向大自然寄意。

其一
曾向园林赏柳丝，
而今蓓蕾绽青枝。
更闻鸟雀隔窗唤，
又是春光明媚时。

其二
又是春光明媚时，
熏风满袖此心知。
良辰美景休辜负，
树畔花前舒四肢。

我们都讨厌冬天的那副冷冰冰的面孔，自从落梅捎来春的信息后，我推开了久闭的窗户，那迎面而来的风，分明带着阳光的温煦、花草的馨香。是呵，这通向大自然的窗户，一旦推开，就再也不想关上了，因为，我的心窗，也从此向身外更广阔的空间，完全敞开了。

暮春和初夏，多么美好！它一下提升了人间的温度，使其更贴近我们的体温；它一下丰富了世界的色彩，使其更适应我们的审美期望；它一下充实了单调的田园，使其更满足我们的生命需求。

老同志在以往的一个个暮春和初夏，曾为理想而拼搏，为事业而忙碌，为生活而奔走。现在熬到了人生的收获季节，又欣逢这季节中最美丽宜人的时光，怎能不将它牢牢把握、好好享受呢？

春天阳气上升，万物复苏，夏天苗长禾壮，那一派勃勃生机的环境，对我们有一种阻挡不住的诱惑力和渗透力，使我们领受到青春回归、生命横溢的畅快，从而平添乐趣，陡增精神。南宋的朱熹是个大忙人，但他还要"胜日（即指春日）寻芳泗水滨"。北宋的程颢虽然道貌岸然，但也要"傍花随柳过前川"，恐怕连午饭也顾不得吃，还说"时人不识余心乐，将谓偷闲学少年"。唐代的杜甫，尽管穷愁潦倒，还要徒步到黄四娘家，饶有兴致地欣赏"千朵万朵压枝低"的春花，以及"时时舞"的戏蝶和"恰恰啼"的娇莺。南宋的陆游，不怕山重水复，发现了"柳暗花明又一村"，这还不够，还表示要找个月夜拄着拐杖再来游春。俱往矣，现在国家安定，生活富裕，老同志出来走走，出去旅游，正得其时！

生活本来是丰富多彩的，我们的生命也需要有多种色彩去装点它，多种方式去调节它，多种活动去增强它，多种情致去丰富它。即使孙娃绕膝，无暇出门，但庭院的那块天地，阳台的那方空间，或者门前的那块领土，窗下的那片空隙，也是我们和自然对话的厅堂，战天斗地的前线，舒筋活络的操场，怡情养性的乐园。乐在其中，但看谁肯寻觅，谁能拥有。

大自然是人类的母亲，只有回到母亲的怀抱，才能感悟到生命的价值，领悟到美的极致。在大自然的怀抱中陶冶情操、享受生活，品味世界的博大和美好。

让我们热烈地拥抱大自然吧。

（原载《老人春秋》1999 年 4 月 6 日）

莫负艳阳天

去年冬天之冷，多年罕见，既有预兆丰年的瑞雪，又有令骨科病房人满为患的坚冰。不知是不是给人间补偿所欠的温度，这个冬天在启程离去的行色匆匆之中，突然宣布一个立春的信息。当人们在除夕这天把金光闪闪的"迎春接福"贴上门楣时，才猛然发现，这立春云云，不过是兔年留下的一张白条。因为，为了不让当时威势犹劲的北风愤然撕掉这"迎春接福"，人们赔上了成倍的糨糊。

不满于大自然的春色如此步履姗姗，我日复一日走出家门，冒着寒风，叩问脚下的草坪，叩问头上的树梢，在心中默默呼唤着年年"又绿江南岸"的春风。

是时间抚慰了我盼春的虔诚，终于让春秋广场和七一路北边的草坪泛起了春天的绿色。接着，白玉兰高擎着素丽的白花拉开了中原春天的绣幕。再接着，柳树梢头冒出了细嫩的叶尖，"不知细叶谁裁出"，当我准备再吟"二月春风似剪刀"时，却惶然咽住了。因为，在天气预报的荧屏上，那"F"式的风力风向标志，好像一直是或正或偏地指向南方。由此，我又想起了秦观词中"东风暗换年华"之句，去冬今春"暗换年华"之日，不正是除夕张贴春联

之时吗？如果那时是和煦的东风，大家怎会浪费恁多糨糊！

我难以计数，自古及今有多少文学作品，让春风（或东风）和这个冰化雪消、繁花似锦的季节难分，又有多少人一直保持这种"桃李春风""春风杨柳"的思维定式人云亦云。眼前七一路南北两边一同栽种的青草，如今迥然不同的长势，就雄辩地说明，不是春风，而是阳光，是入春后由斜射逐渐趋于直射因而辐射到地表的热度越来越大的阳光。是这拂照大地的春阳，以它温煦博大的热力，将花草树木从冬眠中唤醒，并赐给它们返青、萌芽、发叶、抽枝的生命能量。

我爱春花，前几天在长途汽车上瞥见路旁的桃园，那胜似朝霞的一片绯红，使我欠身惊叹，使我引颈翘望，使我回眸凝眺，使我眷恋良久；我爱青草，我从不因贪图便捷而踩伤它的柔茎、玷污它的净洁；我更爱给花草万物以光、热、生机、活力的曈曈丽日，灿灿艳阳。呵，"谁言寸草心，报得三春晖"。

在那春寒料峭的日子，艳阳以其难以抗拒的亲和力，让我不顾寒风的余威，投入它慈母般的怀抱，接受它温存的抚摸；它又以强劲的穿透力，用它的体温来暖热我的身体，在汗水欲渗未渗的时刻，让我领略青春回归、生命回流的畅快。如今已是春暖花开之时，我仍然主动接受艳阳的热吻，似乎感到自己血管中的热血一路欢歌地奔流。人亦如我，看吧，我们这些艳阳的子孙，在它无涯的光圈里，是怎样挥洒青春，展示生命啊！在春秋广场这个红尘人世，男女老少集合在艳阳下，和春天联欢。在水磨石地面，旱冰鞋穿梭滑行，鸣响着一支由钢铁轴承演奏的现代化儿歌；在晴朗的天幕，多姿多彩的风筝正青云直上，把年轻人的理想和欢乐打印在蓝天上。光学告诉我们，阳光由七色合成。太阳质朴无华，却把它瑰丽而绚烂的生命精髓，施舍给大千世界。艳阳照临北风扫荡过的原野后，原野马上就呈现出一派姹紫嫣红的生物圈，生命因之欢跃，生活因之沸腾，人间因之美好。我不知道，是否还有人仍在蛰守斗室，深居简出，是否还有人尚不知艳阳的恩泽和魅力。请让我节录一首艾青 1942 年写的诗《太阳的话》：

打开你们的窗子吧 / 打开你们的板门吧 / 让我进去，让我进去 / 进到你们的小屋里

我带着金黄的花束 / 我带着林间的香气 / 我带着亮光和温暖 / 我带着满身的露水

……

让你们的心像小小的木板房 / 打开它们关闭了很久的窗子 / 让我把花束，把香气，把亮光 / 温暖和露水撒满你们心的空间

当我们心里也充满阳光的时候，我们才心明眼亮，干劲倍增，少走弯路，事业有成。

这阳光，这艳阳，这艳阳天，多么美好！它提升了人间的温度，使其更贴近我们的正常体温；它丰富了世界的色彩，使其更适应我们的审美期望；它充实了单调的田园，

使其更能满足我们的生命需要；它给了我们顽强的生命、旺盛的青春、坚韧的精神、充沛的激情，使我们能更好地实现自我超越，追求更高的人生价值。

粽子：沉重的历史负载

这个双休日，我又闻到了煮粽子的大锅里蒸腾而出的那股甜蜜的清香，这香中特有的那种江南水乡的"清"气，总是逗引我沉湎于儿时吃粽子的情景。

"节分端午自谁言？万古传闻为屈原。堪笑楚江空渺渺，不能洗得直臣冤！"唐人文秀的这首七绝说出了端午节的由来和意义。两千多年前的五月初五，楚国大地，汨罗江畔，一位虽然峨冠博带，但形容枯槁、心力交瘁的行吟者，低回沉思，仰天太息，问天叩地，四顾茫然。终于，怒对倒映江中的苍天，怀石自沉。可是，三户可以亡秦的楚国，一户也不忍失却屈原，于是，男丁竞相划起飞舟，抢救打捞，女子则创造性地用苇叶包裹糯米，投之中流，一则祭奠，二则买通水族，不要去亵渎和伤害那伟岸的来客。从此，多情多义的楚国黎民，就这样约定俗成，相沿成习，以至形成了我们华夏民族美好的饮食文化和节庆文化，丰富了悠久的东方文明。

为了纪念屈原，善良的人们，把既刚又柔、洁白如玉的糯米，鲜红而甜蜜的红枣，裹以防水包装，缠以绵绵情丝，形成坚韧柔嫩、色香独具的一团，呵！这是多么形象的"屈

原情结"。

戴叔伦有诗叹曰："沅湘流不尽，屈子怨何深！"其实，滔滔的沅水湘水流之不尽的，是屈原留给我们后人的极其丰富的遗产。且不说他在中国文学史上是第一位姓名前冠以"伟大"的定语的诗人，其代表作《离骚》是古典诗歌中最宏伟的自序性抒情长诗，是最早的富于社会性、现实性的积极浪漫主义的经典之作；处在中国文学史源头的他，以自己特有的人格和个性、思想和艺术，哺育了整个中国古典文学。

屈原的不朽，正是他坚持真理，不为权势所屈，不为名利所诱，不阿谀奉承，不为虎作伥，保持自己人格的独立和尊严，落寞自甘，清贫自守，宁死不屈，死而不悔的精神。屈原的一生，绝大部分是和忧患同行，迭遭两代楚王的疏远、废黜和放逐，以及同僚的嫉妒、猜忌和中伤，代表腐朽贵族和保守势力的权豪奸佞，动辄对他排斥打击，大张挞伐，"众皆竞进以贪婪""背绳墨以追曲"，以致弄到"世溷浊而不分兮，好蔽美而嫉妒"的地步，可是楚王"终不察夫民心"。在如此的昏君面前，作为忠臣、谏臣和诤臣，他可以不顾当时自己已遭贬斥的尴尬处境，动之以大义，晓之以利害，但绝不会委曲迎合，屈节邀宠，低眉顺目，苟以自安，"宁溘死以流亡兮，余不忍为此态也"，见风使舵，改变初衷吗？不！"亦余心之所善兮，虽九死其犹未悔""虽体解吾犹未变兮，岂余心之可惩"，他是这样说的，也是这样做的。当楚国之大竟为"七雄之冠"而容不下一个屈原时，他只有以死殉国。屈原那种众矢之的的处境，那种口诛笔伐的滋味，确实是对真金的最炽烈煅烧，对人格的最严酷考验。还是杜甫说得好："存者且偷生，死者长已矣。"

粽子，炎黄子孙将永远包下去，屈原自是不朽。行文至此，必须指出，这远不是一个饮食文化的问题，这是两千多年前楚国统治阶级内部政治斗争的产物。作为当事人，怀瑾握瑜的屈原，为整顿吏治、清明朝政早已以身许国，他虽然自甘沉沦，接受毁灭，可是，荆楚大地的万千赤子，怎么也不能接受历史的这一天怒人怨之举，于是，真是"惟楚有才"呵，长江一带鱼米之乡的黎庶，把这场斗争的来龙去脉、曲折发展、悲惨结局，尤其是由此引起的巨大反弹，都一股脑儿包进粽子了，让它包裹着当年的这段历史，直至永远。

（原载《许昌日报》2006 年 6 月 4 日）

杂草集

心静自然凉

　　人们都说这几年天气越来越坏，诚哉斯言。远的不说，就说今年它发动的这个夏季攻势吧，就够火辣强劲的了。那持续不下的高温，真叫人有些招架不住。这段时间，"热"成了我们生活篇章的关键词，"热不热？"成了人们见面的问候语，"真热"成了热门话题。虽然都有电扇，但那扇片转来转去的，还是那股热风；虽然空调也渐渐普及，但能长时间消受得了那阴冷之风的并不普及。不论如何，能深居简出就是福。看那窗外，除了以往常见的满街太阳帽、遮阳伞组成的"蘑菇大军"之外，有的男士索性以一条打湿的大毛巾"半遮面"驱车而过，有的女士为保护玉臂竟反套一件长袖布衫跨上摩托……

　　我以会心的理解和敬意，凝视着窗外这被烈日扭曲的风景以及这风景的主体。熙来攘往的行人，不拘一格地操起了或者是创造了各式各样的防御性武器，但这不是畏缩，而是进击——向生存的底线，向发展的标的，不断进击。看这滚滚的生活之流里，有坐车的，有驾车的，有拉车的，有匆匆步行的，都在以各自的方式，高奏着自己火热的生命进行曲，连烈日也承认，他们是强者，因而也是胜利者。

侃起"热"来，我想起了北宋一位年轻诗人王令，有"清风无力屠得热，落日着翅飞上山"的诗句，我很欣赏他对热的形象化描写，他还有两句："坐将赤热忧天下，安得清风借我曹"，其悲天悯人的情怀令人感动。如果天气回心转意要"批"点清风给我们的话，那么，千万首先"批"给路上的行人和露天作业的工人。

记得孩提时代，在夏天太阳地里玩耍一阵后，我回到屋里就抓起扇子发疯地扇起来，越扇越热，弄得大汗淋身，常常招来大人的嘲笑和申斥。这时坐在小竹靠椅上的外婆，眯着眼，慢悠悠地摇着手中的毛扇，喃喃自语地絮絮训我："心静自然凉。"我越听越糊涂，心怎么静？又怎么凉？几十年后，当我成天忙于工作时，母亲八九十岁了，一到夏天，在我下班或下课后风风火火回到家时，她也是眯着眼，慢悠悠地摇着手中的小扇子，温存地训导着她鬓已飞霜的儿子："心静自然凉。"我仍是一如儿时的冥顽不化，心静不下来，至于说凉，我只认电扇、空调或淋浴喷头下面的凉。

直到我跨过花甲之门坐享退休生活，就像跨过超市之门须撇下所有提包一样，我撇下了工作时的所有负担，获得了全新感觉的轻松和洒脱，当年轻人在那边厢和空调度蜜月时，我在这边厢轻摇蒲扇，闭目养神，于是，外婆和母亲"心静自然凉"的"同期声"就萦回耳畔。我佩服她们对这句来自生活也来自哲学的古谚的身体力行和薪火相传。

我喜欢这句古谚，它教导我们对待"热"，不，对待

一切，诸如涌动在眼前翻腾在心窝的"烈火烹油"的刺激和"鲜花着锦"的诱惑，都要保持一种平常的心态，一种平静的心情，一种平和的心境，一种平衡的心绪。这种心理状态的反面，就是现在社会上甚嚣尘上的通病——浮躁，自我膨胀，贪得无厌，有了"桑塔纳"还想"宝马"，有了盛名，还在深夜设计明天如何在镜头前作秀，他如何不热？陶渊明有诗曰："结庐在人境，而无车马喧。问君何能尔，心远地自偏。"原来，"心远地自偏"与"心静自然凉"异曲同工，都在阐明同一个朴素的真理，要人们注重个人涵养，优化心理素质，既不汲汲于非分名利，也不戚戚于困难处境，永远当一个强者。

（原载《老人春秋》2004 年 8 月）

三国人物咏叹调

周　瑜

　　你在一夜之间，煮沸了半江寒水，烤糊了千里楚天，使眼前那由无数艨艟战舰和水上健儿布列而成的沉甸甸的威慑力量，顷刻间灰飞烟灭。于是，倾斜的神州版图，由于一座水上长城的化为乌有而顿释重负。当你在旗舰上轻舒一口气，扫视此番战果时，看见历史蹒跚地逃出昨夜的火海，带着烧伤，投入余烟袅袅的黎明。此刻，也直到此刻，你才想起：该回家了，让那静待闺中的翠袖红巾，拂去这一脸倦意和满身硝烟。

　　无法描绘此夜曾有过怎样惊心动魄的音响，但这无疑是你生命乐章中最雄浑壮美的声部。

　　其他声部也是那么动听。你在战略抉择中的重锤定音，你在战术调度中的才服众将，你运蒋干和蔡氏兄弟于股掌中的工于心计，你挫强敌于三江口的勇于制胜，还有拔剑醉舞的潇洒，鸾凤和鸣的缱绻……这多种声部的协奏，奏出了你响亮的人生。

　　不幸，当你的生命交响乐高奏入云之际，突然，管咽

弦断，跌落沉寂的深渊。呜呼，小乔何堪，吴侯何堪，子敬何堪！

黄　盖

　　青山，盘绕着您那么多跃马挥戈的行迹，那岂不是您生命密密的年轮；江河，飘逝了您那么多横槊斩浪的身影，那岂不是您波翻浪涌的似水流年！终于，稀疏的银发，难以顶住厚重的铁盔。——老将军呵，您早该挂剑在壁，抱着孙儿闲庭信步了；或者，写一部回忆录，缅怀您和东吴剪不断的历史。

　　是曹操的舳舻千里顺江而下，抖起了您铁盔下的银发。您深夜献计，榻前请缨。于是，一幕令观众发怵而不发笑的双簧，隆重公演并向对方现场直播了。由彪形大汉操作的五十脊杖，小鸟啄食似的扑向一根正需倚重的脊梁。一杖下去，皮肤"睁"了一只"眼"，人们却闭上了一双眼。呵，为了麻痹对方那根敏感的神经，您不惜让剧痛撕裂无数根神经，直至让它和皮、肉、血管揉乱原有的排列。是呵，苦了您的肉，却甜了您那颗知恩图报的心。以血补天，甘之如饴呵！

　　您满意地顾盼自己血肉模糊、一片殷红的脊背，因为，它多像您心目中的未来火烧赤壁的缩微彩照！

　　为酬壮志，哪管双鬓飞雪；为殉事业，何计粉身碎骨。老将军呵，请受我一拜。

袁 绍

你的家谱，有四世三公的显赫；你的领地，有冀青幽并的广袤；你的"资貌威容"，竟使被董卓搅扰得头晕目眩的历史，为之另垂青眼，在十八路诸侯歃血定盟时，加给你盟主的冠冕。

嗣后的约废盟散，你虽暗淡了头上的光环，身畔却屹立着一座举世无匹的人才库。如许运筹帷幄、决胜千里的策士，如许披坚执锐、马革裹尸的骁将，支撑着你睥睨群雄，觊觎九州。

曾几何时，不知是"累世公卿"的基因发生变异导致种子退化，还是波谲云诡、电闪雷鸣导致瞳仁浑浊，耳膜聩钝？你那库房倾颓，库存日虚呵！——你放走荀彧，给曹操再植了一只扼你咽喉的手臂；你让肝脑涂地辅佐你的田丰在你送去的剑下肝脑涂地；你对净言死谏的沮授钳口枷身，锁禁待斩；你让许攸持曹操的介绍信去投曹操，并托他捎去烧毁乌巢也烧毁你老巢的火种；你逼张郃高览前去壮大曹营的阵容……

呵！"空招俊杰三千客，漫有英雄百万兵。"贴近你的，你推开他；为你效命的，你要他的命；心同日月的，你不让他见日月；不猜忌你的，你偏猜忌他！你这位"羊质虎皮"的英雄呵，哪里知道，你恣意糟蹋的，都是助你鹿死手中的俊才、问鼎汉室的谋臣呵！

是的，较量到最后，是曹操向你礼拜，而不是相反。

不过，那时你已被送入墓穴。曹操祭词的真谛，正是你俩不共戴天的人才观。

呵！用人之道，这个可恶的命题，使你失去了一切，包括你那"玉肌花貌"的儿媳，也成了曹操转赠儿子的战利品。

徐　母

您为我们民族优生优育了一个智商如此之高的儿子，已是功不可没；您更以我们民族善善恶恶、除暴安良的美德来规划儿子的仕途，尤堪垂训千古。

您以平民老妪的弱质，抓起砚台，向权倾朝廷、威慑四海的一代天骄愤然击去，击得历史的回音壁鼓荡了1800年的欢呼，欢呼您是黎民百姓的骄傲。

您把一个大写的人字，高悬在屋梁上，向世人昭示她的崇高，她的圣洁。从此，一位伟大母亲的形象，就这样千载如一地定格在世人只有仰望才能看到的高度上。

贤哉！徐母。

王　屋

你用头颅作砝码，平衡了一次信任危机的倾斜；你用颈血作油彩，润泽了一位饿兵之帅的愁容；你用身躯作跳板，让一位冒险家渡过了难关；你用尸骸作土块，让一位野心家堵住了漏洞。

始料不及呵！从大斛到小斛的改换，竟引发了一系列从无罪到有罪的逆转，从忠臣到逆贼的沉沦，从阳间到阴间的跨越。

在屏退左右后，一笔生意是如此爽快地拍板成交：你买下他廉价的理解，他买下你揪心的缄默。虽然，你赔了血本，却在人类借贷史上，赢得了头号债权人的金牌，不过，他签署的借据，却是一张白条！

该瞑目了，王垕，为了一位盖世英雄的成功，献出你这区区仓官的草芥之命，何足道哉！

何况，把你的头由平庸的七尺之躯移植到众人仰望的高竿上，在那位英雄看来，不也是一种"全新感觉"的提拔和擢升么？

貂　蝉

那夜，你发现天上皎洁无云，而王司徒的脸上却愁云密织；你进而发现，你生命的价值，不在舞榭歌台，而在政治舞台。

于是，你浓施粉黛，进入了人生的第二角色。在司徒的导演下，你的台词、台步毫发不爽，你的扮相楚楚动人，你的表演丝丝入扣。颠倒了吕温侯的神魂，燃旺了董太师的欲火。你高居等腰三角形的顶端，把逐鹿中原之群雄中的那两块边角废料，置于两个底角，形成掎角之势，与其

谓之情场，毋宁直称战场！

不言而喻，在辕门能一箭命中 150 步外的方天画戟的温侯，他的那支丘比特神箭，何尝射中你的方寸；毋庸赘言，太师这个行将就木的行尸走肉，你是如何望而作呕！

演出成功了，嗜血成癖的恶魔倒在血泊之中。虽然，你红颜薄命，但是能使生灵暂得喘息，冤魂聊获慰藉，怎不流芳百世！

啊，血色的爱情；啊，桃色的政治；啊，灰色的青春；啊，亮色的人生！

曹　操

你的一生是用多少圈套串起来的，已无法统计；但你临终时亲自布置的由 72 疑冢组成的 73 道难题却难住了一代代历史学家和考古学家。

既然在昼寝的卧榻前，你有过"梦"杀近侍的豪举，那么，今天即使找到你的真冢，我们也会望而却步。

虽然谁也无缘拜读你的墓志铭，但是，谁不熟谙你的言行录！

你啊，像一本书，为将的，从中读到了诈术；为相的，从中读到了权术；为官的，从中读到了心术……

从你幼年在叔父面前装病倒下，到 50 多年后因头痛不治而永远倒下，其间尽管踏遍青山，叱咤风云，威风凛凛，咄咄逼人，但你始终没能在人格的标尺上，达到应有的高度。——借头息怨的阴险，冤杀吕家的凶狠，血洗徐州的暴虐，诛灭董族的乖戾，割须弃袍的狼狈，斩发代首的狡黠，宛城寻妓的卑下，袁府争妾的猥劣……呵！当你身上带着这么多品行的缺陷，背着这么多精神的包袱，揣着这么多道德的欠条，走进芸芸众生并不宽敞的心房时，你怎能直得起腰杆！

"青山依旧在，几度夕阳红。"残阳如血，却总不能给你在舞台上的那惨白的脸谱，镀上一丝常人的血色！

历史选择了你，要你在一部深入人心的演义中，集中代表具有无穷贪欲和权势欲的封建统治阶级，要你给善良的中华民族后裔，讲一点具体的刀光剑影。

"英雄未有俗胸中，出没岂随人眼底？功首罪魁非两人，遗臭流芳本一身。"当我们越过朝代的藩篱，摆脱正统的羁绊，登上历史的制高点，审视你的是非功过时，自有令你欣慰的结论。

杨 修

你才高万丈，凭七尺躯壳怎能密封；你恃才放旷，凭三十四载阅历怎能抑制？

谁教你破译丞相的园门书字？这岂不扫了他卖弄风雅的兴致！

谁教你一语道破近侍被杀的隐情？登时使丞相在心中对你作了死缓的终审判决。

谁教你插手相府内立嗣的争斗？终于导致你被提前处决！

扔掉那鸡肋吧，年轻人！你纵有如泉喷涌的才华，也要讲究适销对路呵！

呵！人才，难道是丞相刀俎上的一块肉吗？

刘 备

你有一个得天独厚的姓氏，哪怕切下"刘"字的一个边角，也足以冲销早年贩履织席的尴尬。与曹操、孙权相较，你在自我推销的广告词中，多了一句固定前言："我本汉室宗亲。"当这一程序输入别人大脑时所产生的心理——社会——政治效应，足以吃掉对方几十万雄兵。啊！当今皇上按谱赐爵的帝室之胄，就成了你会见达官贵人的介绍信，进入上层社会的通行证。这玩意儿除了诸葛亮的家童不曾买账外，谁不高看！就连督邮寻衅滋事之时，也得先将你这证件斥为伪劣产品，然后才下手。

东汉以降，刘氏龙种愈传愈劣，而你却异军突起，以重整刘汉基业为己任，广布仁义于天下，在群雄逐鹿中独标高格，果然深孚众望。任安喜尉时，"署县事一月"，就有"民皆感化"的口碑；治新野不久，更有"民丰足"的歌谣。樊城之役，赳赳武夫与哀哀孺子携手渡江，堂堂皇叔与草草细民摩肩逃亡，这一悲壮流徙的活剧，你自导自演得如许动人。不！请不要说这是表演，董卓、曹操一生与败北相伴，顺手一抓俱是"群众演员"，何不逢场作戏表演给历史学家和小说家看看呢？在那民为鱼肉的时代，在那兵连祸结的年代，你是黎民百姓向上苍祈求的"圣君"，是对比了董、曹这样的参照系之后，由仁政理想物化而成的偶像呵！

作为人君，又是一位仁君，你确有识人的慧眼、用人的魄力、容人的气度、服人的能耐。对关、张，一见即与结义；对赵云，一见"甚相敬爱"；闻徐元直行歌于市而下马相邀；遇崔州平杖黎而过便趋前施礼；远迎张松，优礼有加；近晤法正，推心置腹；已得黄忠犹且躬造其家；迎战马超竟欲收归己有；更有那南阳路上，三番跋涉，诸葛庐前，三叩柴扉；面对草堂春睡的卧龙，你伫立良久，恭侍阶下。这不是你的卑微，恰是你的高大。你从闲云悠悠中，发现了一颗亮星。你从野鹤栖息处，开采了一块真金。与其说是你开发了诸葛亮的价值，毋宁说是诸葛亮以一个旷世奇才的矜持，开发了你为匡时济世而求贤若渴所体现的价值。

和很多大人物一样，你后期的自行贬值超出了人们的承受能力。把不复存在的桃园之盟置于社稷之上，丞相的苦谏，赵老将军的诤言，居然难动天听，直至火烧连营七百里而后快。在白帝城你勇敢地选择了死，说明你在昏愦中还保留了一点明智。

刘 禅

当你在襁褓之中酣然甜睡时，你可曾知道，你是经历

了怎样的地震和海啸？你的生命呵，依托在随时坍塌的马背上，漂浮在巨澜起伏的血泊中。是赵将军拼将自己的性命，杀却五十多个敌人的性命，在未保住糜夫人性命之后，才保住你的性命。当你从血染的铠甲里被掏出时，不知乃父的愤然一掷，是否惊醒你的美梦？

也许，这一掷引起的脑震荡，使你如此昏庸、愚钝、顽劣、猥琐，以致终身不治。

诸葛亮治理过的蜀国，能有几人的素质屈居你之下？但这当然不妨碍你登基继位。以至劣之人居至尊之位，国脉民命，可以想见。于是，宠信宦官，"溺于酒色，不理朝政"，更有甚者，竟卷入与臣下牵连的桃色纠纷！全然不顾先父、相父之遗训，儿子刘谌之忠谏，以万乘之尊把群山拱卫的天府之国引向绝路。出降时，你"面缚舆榇"，奴才之媚态可掬。至于在司马昭面前的乐不思蜀的应对，更使新主子对你的温驯深感宽慰。呜呼，人活成这个模样，可悲可叹！

你的一生既证明了世袭制度的不合理，更证明了腐朽导致灭亡的合理。

关　羽

你的处女作一鸣惊人：一手掷下华雄的头——其头尚温；一手端起曹操的酒——其酒尚温。你在日影仍原地踏步的一霎间，竟由一个受人呵斥的弓手，擢升为一位被人敬畏的骁将。这一转换周期的短暂，使得袁氏兄弟面面相觑。

从此，多少悍将的首级，纷纷滚落在你的青龙偃月之下，更有那单骑千里奉嫂寻兄的征程，你孤身闯荡，先后从六名守将的颈项或腰背上，连连劈开了五道关口，你还信手拈来蔡阳的头，敲开了疑云郁结的古城城门。

结义定盟的桃园，是你人生之旅的真正起点。从桃园采撷的忠义之果，是那样须臾不可或缺地滋养着你的生命。那"一宅分居"的恭谨，那夜读《春秋》的虔心，那"挂印封金"的果决，已为你树起了千古不泯的丰碑；而那如影随形的"穿之如见兄面"的旧绿袍，那视如至宝骑之"可一日而见"兄长的赤兔马，更为你的丰碑鎏金添彩。最是华容道口，你"拼将一死酬知己"，怀揣军令状慨然释曹之举，为你赢得了"义不负心，忠不顾死"的美誉，赢得了遍及神州大地乃至东南亚无数人家中堂挂轴的肖像权，赢得了全国星罗棋布的关帝庙的所有权和居住权，赢得了汗牛充栋的关公故事和连环画的版权。

在凯歌与颂词中，你眯起丹凤眼，舒展开卧蚕眉，轻捋着自己的美髯，深深地陶醉了。看不见也不想看美髯掩映下那美中不足的个性棱角。当年刮骨疗毒时，如果不是那样英气逼人，让华佗把你的刚愎自用、目中无人之类的毛病也顺手刮掉，而不让它像水淹七军那样被淹没在赞美的海洋中，那该多好。

然而，你是任性的。你可以拒不与孙家联姻，但不该说"吾虎女安肯嫁犬子乎？"既无视你们蜀国的既定国策，

也无视你的"虎兄"刘备的夫人正是孙权的"犬妹"这一"国际"共知的事实。你还要像单刀赴会那样单刀赴川,与自己人马超一分伯仲;你扬言曾一箭中你盔缨的黄忠是"何等人,敢与吾同列?"既然这位在长沙城下与你旗鼓相当,并在以后屡建奇功的老将你都不屑一顾,那么,名声不显且乳臭初干的吕蒙,当然不足挂齿。

始料不及呵,正是这个小人物,在麦城把你作弄得狼狈不堪。终于,让在人间飘飘然一辈子的你,到天上去彻底飘飘然了。

张 飞

虽然,你从不像许褚那样赤膊上阵,更不像祢衡那样裸身登堂,但你表里澄澈,通身透明,即使重铠裹身,你的对手也能看出你胆的赤诚,心的纯真,胸的坦荡,腹的宽广。圆睁的环眼,是你最大限度敞开的心窗;巨雷般的怒吼,是你心肺爆炸的震响。你的心和口之间,没有安放世故的润滑剂;你的心和手之间,没有设置理性的制动闸。当你的心迹延伸,沿着丈八矛的长杆,附着在点钢矛头时,就能"于百万军中,取上将之首,如探囊取物";当你的心迹延伸到喉咙,附着在声带上时,就能响遏行云流水。

阳桥下之水在你的吼声中是否倒流,可以存疑,但在场的夏侯杰的胃液胆汁为之倒流并夺口而出,却是天地共鉴的。

你曾要在诸葛亮的屋后放一把火，曾要刘备派他心中的"水"去厮杀，但博望烧屯后却对诸葛亮"拜伏于车前"；你曾要"一枪刺死""投曹操"的赵云，而后与赵云却亲如兄弟。你的从善如流，令人钦敬。

生逢乱世，你俨然一座岩浆翻腾的火山，待机爆发。你仗义疏财，提供场所，以一种狂狷的激情促成了桃园的结义，那掷地金声的誓词，正是你扪心的共鸣。而你的第一篇个人宣言，则是"张贴"在拴督邮的马桩上。一条条飞舞的柳枝，是一行行跌宕的语言，惩罚结束，围观的文盲也深深地读懂了你这火辣辣的宣言：呵！这张飞，反贪反虐，敢于犯上，心之所善，义无反顾。

同时，人们也领教了你的粗犷、莽撞、直率、豪爽。但是，你粗中有细，莽中有巧，直中有雅，豪中有情。在耒阳，是你发现了日理万机、志在社稷的得之"可安天下"的奇才；在巴郡，是你一反常态，以儒将的大度和君子的谦谦之风，从感情上俘虏了头可断而膝不弯的川中老将；在瓦口隘，是你寓克敌制胜的韬略于美酒醇醪之中；在长坂桥东，是你以二十余骑造成了烟尘滚滚万马奔腾的气势，使敌人望而却步。

如此叱咤风云的一代英杰啊，你的结局为什么那样窝囊？

范 疆 张 达

　　人非圣贤，孰能无过？睿智如诸葛，仁慈如刘备，重义如关羽，这些有口皆碑的人中之杰，过错阙失，所在多是。然而，遍翻二君档案，稽考二君作为，未见不妥，何谈过错？

　　如果有错，则错在当了张飞的部下，此人已有酗酒打人以致丢失徐州的前科。这回，只为拜把哥儿间的区区小义，竟不惜劳师远征，涂炭生灵，置社稷大义于不顾。更有甚者，一时心血来潮，要你们在三日之内为众三军制办白旗白甲，这岂非痴人说梦！物资安在？工匠安在？工具安在？作坊安在？三日期限，如白驹过隙，稍纵却逝。如此将令，何异上天揽月，下海擒蛟！你们深知拔苗助长、欲速不达之至理，以大智大勇慨然陈词，要求宽限时日，落实使命以臻如愿以偿，试问何错之有？何至歇斯底里，大张挞伐，将你们打得皮开肉绽！更要你们以伤残之躯，"来日俱要完备！若违了限，即杀汝二人示众"！

　　看吧！这个凶神恶煞，这个独夫恶棍！居然冒天下之大不韪，向辩证法开刀，向客观规律开火，向真理开战！为捍卫辩证法，捍卫客观规律，捍卫真理，你们排除杂念，提高认识，升华境界，净化灵魂，向那个不可以理喻的家伙的腹部，插进了神圣的一刀！苟不如此，这家伙明天早晨为了那个荒唐透顶的勾当，该要演出怎样残忍的恶作剧？

　　善良的人，终会清醒地意识到，在人类进化史上，你

们属于那些为捍卫真理、纠正谬误、对抗残暴、维护人性
的为数不多的哲人义士。

（原载《许昌日报》2001 年 5 月）

菊　韵

　　曾经翻腾攒动着姹紫嫣红的双节花坛，经受几番萧瑟秋风后，已减却当日的风华。那些花，有的脂痕浅淡，有的粉颈低垂，有的则香消玉殒了。而依然闪烁清华、摇曳芳姿的，是菊花。是呵，"九日重阳节，开门有菊花"，多亏王勃这么提醒，如今又到重阳赏菊时。其实，花坛中的这些神态自若的佼佼者，只是菊花家族中先遣的使者，它们是来占领地盘的。你看，大车小车，从鄢陵、从四郊，源源涌进市区、涌进花坛、涌进千家万户的，那才是菊花家族的主力，"暗暗淡淡紫，融融洽洽黄"（李商隐），它们要在金秋大地，占尽风情，独领风骚。

　　菊花这种后发制人因而笑到最后的特立独行，触发了很多诗人的灵感。"不是花中偏爱菊，此花开尽更无花。"元稹这两句，正是偏爱它的不趋时、不争宠以及凌霜怒放独立寒秋的秉性。曹雪芹借黛玉之口，问它："孤标傲世偕谁隐，一样花开为底迟？"其实，上句的前4个字就回答了下句的提问，它独标高格，以不屑的眼光傲对"癫狂柳絮""轻薄桃花"之辈。"花开不并百花丛，独立疏篱趣未穷"，作者郑思肖生于宋末而隐居不仕于元初，笔下幽独自处的菊花多像辛词中"灯火阑珊处"的"那人"，显然是这位遗民诗人的自我写照。

说到疏篱，它和菊相伴相守了一千多年，直到今天国画中的菊花之畔，或隐或显常有疏篱的影子，它作为华堂或画屏的对立物，象征了田园式的典型环境，相得益彰地凸现了菊花不择水土、不惧风霜、孤芳自赏的典型性格。我不知道是故园的篱笆能锁住一个人人性中的本真，还是一位卓尔不群的诗人的伟大正是靠了这篱笆的支撑？我想起了陶渊明。

陶渊明"幼稚盈室，瓶无储粟"，借贷无门，只好折节做了个县令。才80多天，便不堪污浊官场对心灵的折磨，"饥冻虽切，违己交病"，于是"自免去职"逃回穷家，只见"三径就荒，松菊犹存"，其时已届冬季，扑扑归来的落魄游子，见到一片荒凉中的残菊，"宁可枝头抱香死，何曾吹落北风中"（郑思肖），不仅心头一热，而且精神为之一振，正是这菊花呵，耐得住柴门的清寒，耐得住荒园的落寞，耐得住严霜的摧残，耐得住北风的扫荡，在茫茫人海中，心仪情钟并以身相许的，正是这位生活在贫困线之下而人品文品又居于高分数线之上的田园诗人。记住吧，1600年前南国的一处穷乡僻壤，人中君子和花中君子的不解之缘，就缔结于此时此地。"采菊东篱下，悠然见南山"，不为五斗米折腰的诗人，此时此地折下了腰，这是一个多么富于诗意的镜头呵。回归茅舍的诗人，拥抱了植根篱畔的菊花；不慕华堂的菊花，亲吻了不恋富贵的诗人。

这两句诗，高情悠悠，流韵千秋，把菊花的生物本性提升并定格于人文的高度，充溢着人格的魅力，所以曹雪芹总结道："一从陶令评章后，千古高风说到今。"

千古迄今，在文人，不，在人们心目中，菊花已由自然界转入了社会，攀登到思想道德的层面，象征着一种高风，一种劲节，一种信念，一种寄托。高尚者把它引为知音，以它自况；平庸者把它引为高标，以它自励；附庸风雅者引为"头面"，以它自饰。

杜甫的"丛菊两开他日泪，孤舟一系故园心"，菊花成了故园之思的触媒；岑参的"遥怜故园菊，应傍战场开"，菊花成了魂牵梦萦被兵戈蹂躏的故乡；杜牧的"尘世难逢开口笑，菊花须插满头归"，菊花寄寓了失意文人的牢骚和解脱；黄巢的两首菊花诗流传较广，表现了这位农民起义领袖的气概；超凡脱俗、才气高华的李清照，常以菊花入词，"莫道不消魂，帘卷西风，人比黄花瘦"，使当时须眉自愧弗如。

记得曾读过开国元勋朱德的《咏菊》："奇花独立树枝头，玉骨冰肌眼底收。待到和平同处日，愿将菊酒解前仇。"不论从思想境界，还是从艺术造诣来说，绝对是一首上乘之作，"文革"中，元勋靠边写检讨了，只好仰面背诵："岁岁重阳，今又重阳，战地黄花分外香。"

浸血的乳头

列车追着呼啸的北风，在黑夜奔驰。

车窗紧闭的车厢中，过道密植着人腿，对这些人来说，座位仅是尚可觊觎的奢侈品，不过，免费呼吸弥漫于这个狭窄空间的香烟的气息，却是每个乘客无可回避的"最佳选择"。面对众多瘾君子的吞云吐雾，虽然人们以彼落此起的咳嗽亮明了自己脆弱的承受能力，然而，希图捅破这云遮雾罩的氤氲氛围，毕竟自叹无策。

挨着人家的座位，坐在自己包袱上的这位妇女，自然是安于逆来顺受了。只是，怀中的孩子，显然是首次领教人间的这般滋味，他连咳带哭，脚蹬手抓，那舞动的双手，不知是要撕开自己的胸脯以缓解难堪的憋闷，还是要扯碎母亲的衣襟紧贴母怀以寻求庇护。母亲无奈，只好以央求的目光，环视四座，企望看到孩子的泪水能多少荡涤一点车内的浑云浊雾，给因窒息倍感痛苦的心，回收一些廉价的安慰，然而，那只是她的一厢情愿。更有甚者，她竟看到，隔座一个老汉，慨然掏出据他说是"比带滤嘴更来劲儿"的土黄色烟卷，给邻座一人一支点了，一朵朵灰黄的蘑菇云，从他们口鼻中喷薄而出，翻腾滚动，袅袅散开，频频引起

一阵阵咳嗽声。他们依然罩着灰黄的面纱，沉湎在烟瘾初过的飘然欲仙的惬意之中。

此刻，孩子的哭闹躁动愈难平息，特别是剧烈咳嗽时全身蜷作一团，而间歇时又挺直身子喘气，反复痉挛抽搐的情状，令做母亲的柔肠寸断。她无计可施，竟天真地冲着盘旋舒卷而来的烟团，直面相迎，张着口，翕动着鼻翼，贪婪吸着，还喃喃絮语："别哭，乖乖，妈妈把烟气吸光了，吸光了。"可是，烟团仍以强劲的势头扑向孩子，她为了让孩子躲过烟团死皮赖脸的纠缠，终于搬出了那早已入库封存的过时的武器——拽出乳房，把乳头塞进已长门牙的小口，并用整个乳房捂住他那涕泪交流的小脸，她是想，给孩子罩上这个上帝恩赐的温柔绵软的"防毒面具"，就不罹其害了。心之愈切，捂之愈紧，折腾得孩子憋气难熬，以致咬啮她的乳头，只见她面部肌肉剧烈抽动两下，两眼闪着泪花。不过，乳头神经末梢传出的疼痛信息，怎么也敲不开母亲那被能挡住烟气的快慰所陶醉的心扉。待烟团攻势趋缓，孩子的哭闹暂歇之时，她带着将军击溃来犯之敌的满足，抽出乳头——难怪！在牙印交叠的乳头颈部，已然浸着血水。按说，面对这红色的警告，该解除护子心理对神经的麻痹，领略一下疼痛的滋味了。然而，她泪光莹莹的眼角眉际，竟意外地织出了笑纹。原来，那两支土黄烟卷业已告罄，主人头一歪睡着了；同时，车正停站，乘客的流动和车门的开启也冲淡了车厢的烟雾。

这是我在郑州至武昌的列车上目睹的一幕。时间的列车，已驶过了好几个岁月的站台，车厢的烟雾，也早已融入历史的风云，而这在中原常见的一幕，在我脑中却历久弥新。那为净化孩子的生存空间恨不得自己一口吸尽乌烟瘴气的近乎愚蠢的举动，那对乳头被咬啮的剧痛甘之如饴的痴情，那泪眼和笑脸叠印出的慈母形象，一直在震撼着我这颗人子之心。

如今，那位妇女的芳容已经淡漠，而那血浸的乳头及其背后那充满母性的坚忍，一直在我心头萦绕，萦绕。

老来情味何曾减

——读彬凯先生《田野恋歌》有感

"老来情味减，对别酒，怯流年"，辛弃疾《木兰花慢》的这个开头我一直心领神会，可是，常与李彬凯先生接触，特别是读了他的散文，只能得出悖反的结论。

六十多年前的那片过于贫瘠的乡土，那种过于寒碜的生活，那个过于凄苦的童年，那布谷鸟，那碾串，那楝花，那红薯，那剑麻，都带着过于沉重的历史印记，穿过时空隧道冲闯而来，令这位年过古稀的作者亢奋有加，激情难抑，何况，老头本来就是性情中人。

"母亲瞅着那青里泛黄的大麦，兴致勃勃地用她那久经磨炼的双手，反复揉搓，簸去芒刺，然后用文火慢炒，待麦香扑鼻时，再出锅晾凉，而后就可倒在有两个直孔的石磨上碾磨了。我则眼疾手快，立即套上和人们同甘苦共患难、骨瘦如柴的毛驴，慢慢腾腾地转悠起来。古老的石磨悠悠画出一个圆……碾串儿犹如雨注般一串串、一旋旋地从石缝中坠落下来。肚饿急吃莫等闲，抓一把填在嘴里，细嫩黏甜，满口清香，至今回忆起来，我仍然认为它应该是一切佳肴中的珍品。"这是李彬凯乡情系列散文中的较有代表性的描述，母子相依，人畜相伴，一圈一圈研磨着生活，一圈又一圈从粗粝的大麦中磨出"佳肴中的珍品"，一圈又一圈从无奈的挣扎中磨出人间至味的亲情，一圈又一圈从可怖的匮乏中磨出故土难离的乡情。——离开脚下这块榨干乳汁倾囊相奉的热土，谁给你这把大麦？毛驴带着一家人的生之渴望，一圈又一圈转悠着，却怎么也转悠不出那贫穷和苦难的怪圈！如果说，难以忘却曾经经历过的辛酸和苦涩，是人之常情，而能够从酸涩的记忆中提炼出真情，并从真情中提炼出一种满足和幸福，则全赖作者的人格魅力和思想境界。

家乡善良的农民，日出而作，日落而息，榨尽体力从事耕作，又榨尽地力长成麦子，到麦收季节，则是日出而作，日入大作。榨尽时间抢收麦子，男女老少一律累他个腰断腿瘸手麻眼黑。《麦收季节》中并不止于这些艰苦劳动，而是这种苦况中还有爱情的甜蜜和亲情的温暖：新媳妇"紧跟在女婿的后边，每人按三耧九垄的任务向前割，新媳妇割一拤直腰看看新女婿，新女婿也正望着她发笑。割着割着，新女婿的三耧变成四耧，而新媳妇的三耧却变成了两耧。随在下手的嫂嫂和妹妹，想笑又极力地忍着。忍得腰都弯了，终于笑出声来。……新媳妇的脸蛋一下子红得像贴了两片桃花，慌忙地用手臂来擦腮边的汗，……在最后压阵的公公婆婆，看在眼里却不动声色，只是偶尔相互交换了一个满意的眼色。"在这里，老先生之所以写得这么笔酣墨饱，淋漓流丽，是因为他也沉湎在这个时代家庭里的叔婶和哥

嫂之间的浓情蜜意之中，妙在这番情意的释放和演绎，不是在深闺，不是在庭院，而是在广阔天地里精疲力竭的集体劳动之中，苦和累的长期积淀，麻痹了人们的头脑；但是，麻痹不了磅礴于天地的骨肉之情和伉俪之情，而火热的劳动又赋予这种深情以社会意义和历史烙印。在文中的绘声绘色的描述中，作者始终是情溢其中，亲切感人。

《我的小孙女》是他的近作，当爷爷的滋味，他是乐于发掘并善于品呷的，决不辜负上天恩赐给他的这种膝下之欢。在家庭里，老先生不无憾事和痛事，但境界和修养使他豁达处之，小孙女的降临，无疑是至亲至爱的补偿。他注视小孙女的一颦一笑，他珍视小孙女用小手抚摸自己脸上的胡须，"这小手像一个小熨斗，抚摸之际，觉得有一股小小的暖流沁入我的心脾，把一天'爬格子'留在心头的皱褶，一下子熨得平平贴贴，这时自己便感到一天的辛苦得到了最好的报偿"。一种真纯亲昵至亲至近的血缘，娓娓然如话家常，恰是作者爱火正炽之时。

《毛驴泪》是我最看重的一篇力作，愈读愈令人激动直至不忍卒读。相依为命的毛驴，主人本无意亏待，但残酷的现实，竟越来越逆拂主人的初衷，这本是人世间司空见惯的插曲，而善良的作者禁不住这曲子的强刺激，以致终生耿耿，难以释怀。这篇真实往事的重叙，让人洞见作者的仁慈宽厚和爱心不泯。写的是兽，却辐射出逼人的人性光辉。现代世界，有那么多无端的仇杀，难道要借助毛驴的"前蹄扑通一下跪地"的举动，唤起一点天良的回归？

在这个弱肉强食的世界，这样的人性，这样的大爱，是多么的珍贵！这篇文章对毛驴历历如绘的描述，袒露了作者高尚的人格和温暖的情怀，所以文章的感情负荷是超乎寻常的。当然，没有老辣娴熟、力透纸背的语言，是难以支撑这种负荷的。

彬凯是我们敬重的兄长，其长者风范和君子胸襟是他给我们的强烈印象，特别叫我佩服的是他那颗依旧年轻的心和如火的永无稍许冷却的热情，他"登山则情满于山，观海则意溢于海"，热情生活，热情工作，热情创作，热情交往，这样热情的人，快乐长在，寿比南山，是理所当然的。

2007 年 5 月 26 日

落红不是无情物

——评张名扬散文集《四重唱荷》

在本市文学艺术界，张名扬先生是一直工作到退休年龄，继而无偿返聘直到现在且最后一位离岗的资深行家。

作为一名干部，在移交工作之时，交上一份总结；作为一位作家，在笔耕不辍之后，再出一部著作；作为一个高朋满座的热心人，在杜门息影之前，留下一叠手札；作为一个"惯看秋月春风"的过来人，在专职含饴弄孙之前，献出一些人生足印、岁月履痕、红尘感悟、生活花絮，都是既孚众望又可自慰的美事，于是，就有了《四重唱荷》这本散文结集。这集子也真的集中展现了他几十年工作、创作、联系文朋诗友、品味人生三昧的感情世界和心路历程。

本书的第一个特点是以情动人，以情取胜。名扬的性格本来就属于情感型，他说他的文章均有感而发，这是真的，他有更多的无感而发的"办公文字"，都已删汰不收。开卷阅览，第一单元记人诸篇尤为感人。他以一腔柔情，绵绵心意，抒写着笔下人物的某些经历、性格、特征或者某些特定的语言、行为和物件，通过这些载体酣畅淋漓地倾泻着对他们的爱，挥洒着自己的情。

　　这情是那么深,那么浓,《后园的树》《难忘那年除夕夜》和《花斗篷》写对父母的一往情深,浓墨重笔地把父母对他的老牛舐犊式的体贴入微娓娓道来,再写自己羔羊跪乳、乌鸦反哺式的感动感激感慨之情,在人间唯一不附加条件的至情至爱中双向交流,在自觉的互动中演绎着骨肉情重,诠释着血缘难分。父亲手摘的柿子,母亲缝制的花斗篷、编织的厚围巾、留下的手杖,既是传递亲情的物件,又是触发亲情的媒介。母亲留下的手杖,由他这个七尺男儿拄着:"恰适合我的身高,也就是说母亲使用它时手臂尚得高抬并弯曲些,不那么舒展,于是我为之一震,难道说母亲当年就是特意为我选购的?老人家意欲在她百年之后传留给我?母亲为儿女操劳了一生,撒手人寰后仍系心于我,仍惦念于我,仍加护于我。"最后三句,表明作者是明白认定。这种认定很可能悖于母亲的初衷,但这即使是错误的认定,也是出自儿子的一片纯情,增加了爱的砝码。这情是那么真,那么切。《二母祭》中的二母是一个祥林嫂式的老妇,善良憨厚勤劳纯朴,却被封建主义的夫权和农村的愚昧落后折磨得形同槁木,这是一个人们不屑一顾的无辜的幽灵,可是作者在叙述她身世的文字中流溢着掩饰不住的怜悯,闪烁着人性和人道主义的光芒。至于说作者对细磨石、Z·J居士和大Q三位文艺战士不幸遭际和悲剧命运的描述,不仅表现了一位善良朋友对他们的理解和同情,更表现了一位对社会负责任的干部、一位对历史讲良心的作家为他们作的不平之鸣,语言平实冷静,却含蕴着批判的锋芒,行

文水波不兴，却激荡着感情的潜流。因为这三人兢兢业业，才华横溢，都为许昌文艺的繁荣、戏剧的勃兴作出过有案可稽的贡献。可以说，这里的感情拥有社会历史层面的内涵，达到了一个较高的境界。

其他篇什也是情溢其间。改革开放前，他曾目睹一位被整的教授在其执教的校门旁设摊卖书，他写道："我偷眼一望便扭转身去，一股酸楚袭上心来。我感到教授不是在卖书，而是当众一刀一刀割他心头的肉，鲜血汩汩。""感人心者，莫先乎情"，作者到水道杨，到青岛，都有对新成就新气象的热情讴歌，到沈从文旧居，慨叹"如此仄浅的宅院何能将他羁留？"到云南，面对"一位负重的山民"，"多么想问他一句：'此刻你想的什么？'"

本书的第二个特点，它是一本严格意义上的文学加艺术的散文集，这一特点首先决定于作者本人除具备了作家的一般必备素质之外，还另对艺术门类中的各个主要方面——音乐、戏剧、曲艺、书法、绘画比较内行。就我所知，名扬在几十年的文化局、文联的工作中，创作和发表过音乐、曲艺作品并获得好评，同时，对书法理论也比较熟悉，一句话，他在文学艺术领域内，是一位不可多得的真正的复合型人才。本书的篇目，除一般我们习见的散文或曰文学散文、随笔之外，还有多篇涉及书法、戏曲、音乐、绘画方面的作品，显然，这是与一般作家的散文集不同的地方。何况，名扬爱书成癖，藏书颇丰，因此本书的知识含量可观，知识面相当广，形成了本书在文艺范畴内的综合性。

本书的第三个特点，集子中的文章一般都文质兼美，既有语言的清丽俊逸，又有思想的实质深邃。有道散文是作家的通行证，而这个证，在内容正确准确明确的前提下，其高下之分，就在语言表达的艺术技巧上了。读名扬的文章，感到语言的溪水在叮咚前行中，略带蜿蜒，清流晶纯，了无泥沙，波澜不惊中，时有轻涛漫卷，碧浪涌花。随便采撷一段文字，就可以感受到在精粹的语言中对人生奥秘、生活真谛的深切剖析和经典表述：

> 几乎每个男子生命的两端都牵系着两位女性：母亲和妻子。母亲孕之、娩之、乳之、移湿就干含辛茹苦，终于将自己身上的肉团浆养成精壮虎实的小伙，尔后顺乎自然地拱手给另一位年轻的女性。妻子承接后……与丈夫相依为命琴瑟友之白首偕老地久天长。

> 庄严，生命的交接；高洁，感情的承让。

作为一个典型的老一代知识分子，虽然在自己一手打造的情感天地里，一任纵马疯驰，插翅狂飞，但是，人民的忧乐悲欢，社会的兴废进退，国家的盛衰荣辱，怎么也挥之不去。作者的一些随笔中，就在这对现实的关注和干预中挥写了他的激扬文字。《道听途说二题》中《一瓶酒的秘闻》揭示了并不秘密的痼疾。如果说这是一目了然的话，那么《市井风情录》中的《窗口即景》，可能粗心的读者会以为不雅，殊不知仔细琢磨，自有深意在焉。售票厅里竟有一泡大便无人管，还是由匆匆买票的人不经意地

踏来踩去直至化为乌有。试想，在历史中，在生活中，这样的事还少吗？一个人做了错事，需要有多少不知情的善良无辜的人用自己的某种牺牲去匡正、去补救、去消泯呵！写这种文章，既需要人的良知，更需要作家机敏的捕捉、凌厉的笔锋和委婉的表达。

龚自珍有诗云："落红不是无情物，化作春泥更护花。"名扬这朵荷花，将成文艺界的落红，然而落红恰是生命另一阶段——莲藕呈鲜阶段的开始，那落红，那莲藕不是献给后来者的至宝稀珍么。

人性不灭 理性永存

——路铁长篇小说《留影》刍议

　　《留影》是路铁的第二部知青题材力作。在这部小说中，作者以正本清源的社会责任和爱众亲仁的道义担当，让良知重返那个"广阔天地"，重温那个"大有作为"时代，探望当年知青心灵，抚摩当年知青脉搏，从而给那段使共和国伤筋动骨的历史保留一份清晰可靠的 CT 造影。这既是对历史的交代，也是对千千万万当年知青的一种深情致意和慰藉。

　　路铁曾被委派随学生下乡，教师身份一变而为"带队干部"，和学生同吃同住同劳动同滚泥巴炼红心。因此，对那个作为"文革"元素之一，曾席卷神州大地、搅动千万家庭的知青"上山下乡"运动有着切身感受，也因此使他的笔触所到便给人以入木三分之感。

　　腊月三十这天，19 名女生和男生起程下乡，学校敲锣打鼓热烈欢送，大家高呼口号"扎根农村干革命"，然而来送行的家人却是悲悲戚戚的样子，更有人"竟背过脸不住地擦泪"。下乡第二天，一道来落户的索问道和索淑姿兄妹为重病硬"熬着"的爸爸能否挺过这个寒冬而忧心如焚。清明节到了，梅琴书梦见在"文革"中惨死的妈妈，"一

边在本子上写，一边流泪"，这写给冥冥中妈妈的信字字撕人心肺。冉嘉"买来一包点心和烧纸，要像社员祭祀亲人一样来祭祀爸爸"，她的爸爸在"文革"中被逼自杀。知青们来到山村首先感到的是，贫下中农似乎并不注重他们的知青身份，而是把他们当作离开父母的孩子予以关照。他们从贫下中农慈善的面孔上读到了使人温暖的四个字：父老乡亲。闻过喜是个积极向上、充满革命激情的女孩，而与她同行的男知青古作圣喜欢发牢骚，说些不合时宜的话。两人一路唇枪舌剑争论不休。夜幕中，路旁不知什么怪物"哇哇"叫了两声，闻过喜被吓得一声惊叫，跳过来一头扎进古作圣的怀里，双手紧紧抱住古作圣。"她刚才还那么胆壮气豪地教导古作圣，这时，竟似乎一点底气也没有了。"此时此刻，两个生命个体本能地感到了对方的真实存在。这样的情节还有很多。

与其说路铁的匠心在于设置这些表达人性之美，既平常又典型、既生动又可信的细节，再现了知青的真实生活，不如说是一个有着相当思想深度和文学识见的作家，对当时现状的反感、对知青蹉跎岁月的深切同情和怜惜。可以说，小说处处昭然于人性光芒。

《留影》还告诉读者，当年的知青并非所有人都是"集体无意识"，在被"上山下乡"的风暴裹挟、鼓动之中，也不乏敢于独立思考、颇有理性的头脑。到县城看望重伤的麻名立回来，古作圣在路边小摊买到了《三字经》《百家姓》《千字文》《增广贤文》《朱柏庐治家格言》这些被当作"四旧"

的几本小书。这是那时在偏僻农村才偶尔出现的文化景观。

接下来，男女知青在农事之余竟然争相传抄，偷吃这些"文化禁果"。还有一种书可以明目张胆地宣布"想读它"而不怕惹麻烦，那便是过去学过的课本。"上山下乡"运动按照"文革"整个战略计划，实现了在校学生与书本的彻底切割。但政治说教和红宝书诵经般地背唱，救赎不了精神的空虚和大脑的荒凉，于是又开始和书本藕断丝连。

这说明群氓式的癫狂过后理性开始回归了。

很有舞蹈天赋的女知青麻名立在劳动中被大石头砸断了腿，大家对她深为同情和惋惜。女知青况今更是石破天惊地诘问："谁给断的呢？是那个大石头吗？"

别人听着都有点害怕，没人敢接她的话，她自己接着说道："她就不应该下乡！"况今在写给自己私下看的从不示人的日记中，毫不掩饰地对知青"上山下乡"运动大胆地提出质疑。在非理性的东西以超强之势压倒一切的背景下，敢于理性思考、大胆发声，无疑是罪不容恕的异类，也因此导致了她后来的悲剧下场。

仅仅提出人性和理性，并不能概括这部小说丰富的思想含量，但对历史理性反思也许最值得肯定。

这部小说叙事简练、流畅，情节递进快捷，跌宕有致，没有那种拖泥带水令人腻歪的文字。人物对话准确、到位，突显人物个性的同时并能借以推动情节发展，是语言的另一特色。

（原载《文艺报》2011 年 12 月 14 日）

生命的输出

——献给献血者

担架队从枪林弹雨中抢回刚刚倒下的英雄，然而他并没有站起来——失血过多！令战友全身沸腾的热血，只好化作泪泉喷涌而出。

那是过去，现在……

现在，大伙把一个路人从汽车下拖出，然而，轮胎下和轮胎上闪亮的殷红，分明告诉他：停！永远停下来——失血过多！家人通红的眼睛，哭不红他惨白的脸。

血！血！这是垂危的生命最廉价的呐喊，我们这些鲜活的生命能够安然？

有什么办法，让生命之树，稍稍跨越时空，得以长青？

是呵，干涸的生命，亟待血的灌溉；枯槁的躯体，亟待血的滋润；瘫软的心脏，亟待血的支援；结冰的笑靥，亟待血的温暖。

在我们的校园，一群白衣天使宛如蜜蜂翩翩飞来，她们要在这密集的生命的苗圃，采撷青春的元素、生命的精华、感情的红豆、思想的琼浆。

一张张笑脸下，伸出一个个指头，让蜜蜂轻柔地蜇一

散文 ||

下：O 型、A 型、B 型，呵，都是圣洁而浓郁的生命之醇。于是，解衣捋袖，伸出玉臂，在眉峰轻颦、嘴角微翘的瞬间，看吧，一个普通公民的血管，和中华人民共和国的血管，通航了；一个人的心迹，和十三亿人的心迹，接轨了；一个小小的封闭的循环系统，面对一个大大的开放的循环系统，入网了；一个自给自足的个体，面对一个雄厚有余的银行，开户了！看吧，那透明的塑胶输血管中汩汩畅流的，都来自一颗颗善良而崇高的心脏，那管中辉耀的鲜红闪亮的颜色，不正是心的颜色！

感谢你们呵，你们掰下生命的一角，拼凑起一个磅礴的生命；你们匀出人生乐章中的几个音符，结构出一首强劲的生命之歌！

我深感欣慰和自豪的是，那些欣然伸出的玉臂中，有一支是我贤妻的，因为我认得它的柔美和润泽，熟悉它的温度与亲和力。寄语那位用血的病号，放心使用吧，血如其人呵！

2009 年与妻子家中合影

（原载《许昌日报》2000 年 7 月 20 日）

"砸"出来的话题

记得 3 年前也是这个初夏时节，著名表演艺术家赵丽蓉辞世。如今，面对荧屏搜寻节目时，往往想起这位满腔幽默、满面春风的老太太，越来越感到这个面孔的消失给我们的荧屏抹上的是难以消失的苍白。我坚信，如果天肯假年，她的创作激情会给人间增添更多会心的笑。

现在，我们能够做的，只是对她作品的品咂，包括对"司马光砸缸"这几个字绕口令似的颠三倒四地唠叨。

说起这事还多亏那口大水缸，它以自身的砰然破裂，凸显了一位处变不惊且出手不凡的七龄神童。第一次听到司马光砸缸的故事时的情景我至今犹记，感谢那位小学教师当时对我的启迪："打破了缸，但救活了人，值不值？""值——"我和同学把"值"字竟拖了三四秒钟，可见，那时的我，便懂得了一点儿价值法则的 ABC。

芸芸众生中，如有救人性命者，哪怕仅仅一次，哪怕只一条命，也是至仁至义功德无量的，足可享誉周边，流芳后世，告慰平生。但是，司马光砸缸的故事，虽然言之凿凿，见于宋史，但似乎总没提升到对这位历史人物总的定性评价中。

原来，在品评司马光的价值天平上，一套沉甸甸的《资治通鉴》把他修史这一头重重压下，而把他幼年砸缸救人那一头高高翘起并锁定在半空，哪轻哪重，一目了然。

司马光只活了68岁，对修史工作"自幼至老，嗜之不厌"，在他最后的二十年中，有十九年时间"日力不足，继之以夜"地致力于《资治通鉴》的编纂工作，终于完成了这套294卷300多万字、上自战国下迄五代、跨度为1362年的中国编年体通史。当这套卷帙浩繁、内容宏富的历史巨著在国家藏书阁闪亮登场的时候，当朝野的有识之士庆幸我们中华民族的这1362年文明发展历程终于有了系统而翔实文字记录，使长城内外、大江南北的炎黄子孙从此自豪有本、自警有鉴、奋进有辙、图强有据的时候，当神宗皇帝按照司马光的谆谆教导开卷捧读，"鉴前世之兴衰，考当今之得失，嘉善矜恶，取是舍非"，感到当这个积贫积弱的大宋皇帝犹如临渊履冰、风云莫测的时候，司马光此时已是"骸骨癯瘁，目视昏近，齿牙无几，神识衰耗，目前所为，旋踵遗忘"的枯槁不堪的老翁了，时年近67岁。谁信这就是60年前那位抱起巨石砸缸救人的神童？而今，且不说砸缸，叫他砸破手中那颤颤巍巍的茶盅，也得先来一番提神运气的准备程序；且不说救人，叫他打起精神救救自己，也会成为取笑和刁难——约一年后，他就溘然长逝了。

上段引文，全出自司马光《进〈资治通鉴〉表》，不知怎的，我特别喜欢这篇文字，读着读着，这位历史巨人俨然站立在我面前。他自幼至老，卓然超群，令我仰慕、

令我感慨、令我肃然起敬的，与其说是他的睿智，不如说是他为报效社稷、尽忠天下而殚精竭虑、创造不辍、奉献不已的精神。不可想象，没有他那种将"精力尽于此书""虽委骨九泉，志愿永毕矣"的执着奉献，中华民族这一千多年的壮丽画卷岂不一片茫然，炎黄子孙从何既往、据何开来，又何谈再造辉煌！

我们永远铭记所有用自己的创造奉献社会、造福人民的人，除了大师级的人物，如司马光，当然还有如司马迁、李时珍、曹雪芹等之外，更多的离我们较近的或已逝去或还健在的普通人物，就如文首提及的赵丽蓉老人，直到最后一次登台，仍是那么意气风发、洒脱自如，仍是以人格的春风和艺术的魅力叩开了观众的心扉，知情人却不忍正视，原来，她老人家是在役使病入膏肓的身躯做最后的拼搏呵！

漫谈散文

走进散文的大门，无须带那么多证件，它的门卫，也从不拿诸如诗的意境、情韵，小说三要素，戏剧冲突之类的入门条件来控制人数，因而门庭若市，且众多来访者在门厅内就能摘取果子，然而，门厅里边的殿堂，光芒炫目，涉足者毕竟寥寥。

对散文不可小看，但也并非莫测高深，我以为散文作者需具备如下几点。

首先要有好文品，必须有好人品，我越来越感到这绝非老生常谈，绝非套话。鲁迅的散文不朽，源自他的傲骨；冰心的散文不朽，源自她的爱心；朱自清的散文不朽，源自他的情操；沈从文的散文不朽，源自他的本真。散文可以写针头线脑的小事，但不可以写卑微琐屑的无聊事；可以写轰轰烈烈的大事，但不可以写亿万群氓全靠一个救世主的假事。作者如果没有修炼一颗灼灼赤心、拳拳爱心、莹莹锦心，如何在文章中张扬真、善、美？抒写的不真，反映的不善，描写的不美，写文何干？读好的散文，会感到它有一种逼人的思想震撼力和感情冲击波，其实这就是作者的人格力量。

其次，要有坚实的生活积累、丰厚的人生体验和对世态人情的深刻感悟。没有这些，即使发现了好素材、好写作契机，也难以生发，难以展开。我以为，动笔、行文、卒篇的过程，就是身外的一个无端飞来的火种，点燃了身内思想感情、生活经验、人生感悟的弹药库，从而引发一个连锁爆炸的过程。可以说，一篇散文创作，实际上是作者的一次人生反顾和生活回眸，以及在此基础上的求索和张望。朱自清说，他接到父亲一封写有"大约大去之期不远矣"的信，顿时热泪盈眶，于是一系列父亲对自己关爱有加的往事涌上心头，遂写成《背影》，这就是个例证。

最后，要有一双善于从极其平凡、极其幽微的生活现象中发现问题的慧眼，要有一种有心人的敏感和思想者的悟性，要有托着一个鸡蛋就有托着一只雏鸡并听到嘤嘤鸣叫的感觉。没有这就没有写作冲动，就没有不吐不快的躁动，《文心雕龙》说的"为情而造文"就是此理。冯骥才的散文《珍珠鸟》细腻地描述了小鸟从笼中窜出，登陆于他的书桌、稿纸，直到在他肩上睡着了的小事，并从中擒住了"信赖"的主题。陈运松的散文《妈妈喜欢吃鱼头》更使我感动不已。三代女性做母亲前都不吃鱼头，做母亲后都主动吃鱼头，为的是把好肉留给孩子。自愧的是，我和我女儿都是在浓浓的母爱中长大的，而且鱼是我们家三代人的主要肉食，又总想写一篇讴歌母爱的文章，然而就偏无这种慧眼！

此外，要有较为充实的知识库存，这也是散文适应现代、走向未来的需要。余秋雨的散文蜚声海内外，一个主要原因是深博的历史知识和文化知识支撑了他散文的丰富内涵。我想，即使是小题材，比如花儿鸟儿，要写得有分量，也不能绕过植物学、动物学、心理学和美学知识，还有可能涉及其他知识，否则不好写出这种自然界的意象在社会上的价值定位和人们对它的感情定势。以桃花为例，当它与柳并提时是可爱的，而与梅花或菊花并提时它还可爱吗？

还有一点，在散文的构思和行文中，不妨借鉴一些写诗的套路，这就是散文自身提高审美效果的需要。我很欣赏散文中诗意盎然的语言，更欣赏散文对某些内容的某种程度的诗化处理，这也在余秋雨的散文中随处可见，诗意，正是余文魅力的除知识外的又一基石。

大雪有痕

　　此刻，我临窗展笺，满眼灿然，只觉得把稿纸的方格辉映得如此明亮的，与其说是日光，不如说是雪光。因为自上周大雪至今，极少见阳光穿透彤云，普照大地，而我，也只好深居简出，窗外奇妙的琉璃世界，常逗得我望而不厌。

　　枝头的积雪竟能随之摇曳而不坠，是那样悠然；屋顶的积雪更是傲对狂风而不卷，是那样坦然。它们的亲和力，它们的占有欲，使我惊异。于是，或凭窗送目，或默处遐想，或书橱检索，或掩卷沉思，我觉得这也算是诗意的生活，也真的领略到一些生活的诗意。

　　与外国的或中国现代的相较，中国古典小说对景物的描写是惜墨如金的。然而罗贯中在其代表作中对雪景的描摹却表现出了少有的慷慨："忽然朔风凛凛，瑞雪霏霏，山如玉簇，林似银妆……一人暖帽遮头，狐裘蔽体……踏雪而来……口吟诗一首，诗曰：一夜北风寒，万里彤云厚。长空雪乱飘，改尽江山旧。""后人有诗单道玄德风雪访孔明，诗曰：……当头片片梨花落，扑面纷纷柳絮狂。回首停鞭遥望处，烂银堆满卧龙岗。"作家笔下的这一派雪色山光，不仅给求贤若渴以逞其野心的刘备镀上了一层耀眼的亮色，也为我们民族尊重知识、尊重人才的文明留下了闪光的一笔。施耐庵在他的代表作中也有异曲同工的运作，（林冲）"取路投草料场来，正值严冬天气，彤云密布，朔风渐起，却早纷纷扬扬卷下一天大雪来。那雪下得密了，但见……须臾四野难分路，顷刻千山不见痕。银世界，玉乾坤，望中隐隐接昆仑……向了一回火，觉得身上寒冷，寻思……何不去沽些酒来吃……雪地里踏着碎琼乱玉，迤逦背着北风而行。"多亏作家用碎琼乱玉铺就了一条光明大道，使林冲这位官军教头的人生升华到如琼如玉的境界。曹雪芹代表作中人物性格的塑造，并不需要雪来帮忙，因而对雪的描写不曾像前两位作家那样浓墨重彩，而是用细腻的笔触表现出极其生活化的特色：（宝玉）"天亮了，就爬起来。掀开帐子一看，虽门窗尚掩，只见窗上光辉夺目……日光已出。一面忙起来揭起窗屉，从玻璃窗内往外一看，原来不是日光，竟是一夜大雪，下将有一尺多厚，天上仍是搓棉扯絮一般……出了院门，四顾一望，并无二色，远远的是青松翠竹，自己却如装在玻璃盒内一般。"原来这场大雪，大大引发了宝玉和众姐妹的诗兴，这次不是各人单独成篇，而是用"即景联句"的形式，以统一的韵脚集体创作一首五言排律，一人两句，诸如"入泥怜洁雪，匝地惜琼瑶""寒山已失翠，冻浦不闻潮""照耀临清晓，缤纷入永宵"等，句句紧扣大雪。这是在大观园暖融融的芦雪庵里写出来的冷飕飕的咏雪诗，也是大观园中习见的与时令相结合的具有相当文化品位的贵族生活。

说到贾宝玉睡眼初开，误把雪景认作晴曦，不仅道出了上次大雪时我和许多人都为之哑然失笑的经验，以及由此产生的强烈认同，而且使我想起了白居易早在一千多年前就道出的类似经验。其五绝《雪夜》云："已讶衾枕冷，复见窗户明。夜深知雪重，时闻折竹声。"显然，如果没有折竹声，肯定会以为曙色盈窗了。有趣的是，半个多世纪后，晚唐现实主义诗派的重要诗人杜荀鹤，在七律《雪》中，也表述了与白诗如出一辙的感受："风搅长空寒骨生，光于晓色报窗明。江湖不见飞禽影，岩谷时闻折竹声。巢穴几多相似处，路岐兼得一般平。拥袍公子休言冷，中有樵夫跣足行。"二、四两句的窗明和折竹，几乎"克隆"了白诗的二、四两句。不过，杜荀鹤这首七律的后半首相当精彩，末联通过拥袍公子与跣足樵夫的强烈对比，表现了诗人对现实的干预，对人民的同情。优秀作家总是人民的良知，出于同样的赤子之心。元曲大家乔吉在《水仙子》散曲中，全用比喻手法，贴切而流利："冷无香柳絮扑将来，冻成片梨花拂不开"说到梨花这个喻体，当然还属岑参咏雪的千古名句："忽如一夜春风来，千树万树梨花开。"

啊，大雪有痕，尽在诗中。

2002 年 1 月 5 日

年夜饭

"年夜饭预定悄然'热身'",这个醒目的标题已见诸报端,这意味着,过年这件事,人们已由期待进入操作阶段了。尽管春节还需40多个日夜才肯姗姗降临,心急的人们不仅对这欣然神往,而且已然为它预定了筵席,发出了请柬。

到酒店去吃年夜饭,这在大城市已蔚然成风,渐渐成为年俗中的一道具有时代印记的风景。本来,生活水平提高,就应该表现为生活质量高档化、生活形式多样化和生活情调高雅化这一进程的加快和普及。忙碌的人们,特别是年轻人,不愿把自己赖以创造价值的精力耗费在厨房,或者要腾出时间进行社交和文化消费,再加上如今高度膨胀的餐饮业,也耐不住年假带来的"门前冷落鞍马稀",正在那里倚门盼客,待价而沽,年夜饭的这种吃法正是吃家与店家双赢的美事。

当然,在家里吃年饭,比如北方一家人围坐包饺子、南方一家人动手办菜,这种传统方式不可能、不需要、更不应该被淘汰,因为,支撑这种方式的,是一种习惯势力,一种精神力量,一种文化心理,一种道德理念,其根源是

杂草集

1980 年王益龄（后排左一）与父母亲、弟弟全家合影

104

儒家的伦理思想。儒家认为，齐家是治国的前提，家庭和睦是国家安定的必须，年夜饭举家投入，同操共享，其乐融融。这种千年传承的风俗习惯已渐渐积淀出了某种仪式感，这种仪式感在"忙年"的实践中，顺理成章地转化为人们的幸福感，再加上年夜饭肯定高于平时的丰盛度，又强化了这种幸福感。

2023 年 5 月与武汉亲人在许昌团聚

　　一家人忙碌了一年，熬到了送旧迎新的年终岁尾，这一顿"最后的晚餐"当然备受重视。这就讲究个大家参与，各尽所能，分工合作。因此，年夜饭的制作过程，始终是在一家男女老少说说笑笑、热热闹闹的氛围中进行的，做好后，全家围坐，边吃边谈，故南方有"谈年饭"之称，虽说话题不拘，但毕竟离不开回顾旧岁展望新春的内容。又因为出门在外的人要尽量赶回家来，故又有"团圆饭"

之称。席间，虽无社交礼节，但毕竟比平时吃饭多了些喜气，多了些温存，多了些对长辈的礼让与尊敬以及对幼辈的抚爱与优渥，所谓天伦之乐，所谓合家之庆，所谓团圆之欢，所谓满堂喜，所谓一家亲，在此时此刻达到一年之最高潮。作为下辈，向长辈或让座，或敬酒，作为长辈，对下辈说些带祝愿和表扬性质的话，像这些细节当然是平时毫无必要而在此时又不便忽略的礼数。

我父亲平时从不喝酒，但到年终，总要安排时间亲自采购些包括酒在内的"年货"，来增添年夜饭的花色品种，烘托年夜饭的喜庆气氛。酒这种杯中之物，当年在我家只是与年俱来与年俱去的匆匆过客，我至今还记得儿时父亲用筷子尖蘸上汾酒送到我嘴中的情景，我怀着一如玩鞭炮时的那种且喜且惧的心情，审慎地伸出舌尖接受了那滴神秘的液体，我不解，这闻着香，看着晶莹的液体，尝着竟是辣辣的，怪怪的，只好在满座的哄笑中瞠目结舌，大出洋相。难怪满面春风的父亲每呷一口酒，嘴总要豁然一咧，赶忙吃上一口菜，才让那锁结一团的眉头慢慢解开。那滴汾酒是我人生中第一次领略生活的滋味——香得醉人，但又辣得怕人。而今辣的尝得太多了，反倒忘却了酒中之辣，只留下了那醉人的香，它同"爆竹声中一岁除"的鞭炮香味一道，成为沁入我心脾的历久弥香的过年的味道。

不喝酒是我家的家规，但年夜饭例外。记得我熬到上高中时，也取得了吃年夜饭时以手举杯以酒沾唇的资格。酒，依旧是辣辣的，怪怪的；而心，却是热热的，甜甜的。

我想，以后，在评估一个人一生的幸福指数时，也将其一生所吃过的年夜饭的次数统计进去，因为这是一个"硬指标"呵！

呵，吃不够的年夜饭。

跨　越

打开电视看国际新闻，总有习以为常的巴以仇杀，我也总是习以为常地皱皱眉头。前几天，在皱眉之后，一则动物趣闻，不仅使我"眉开"，而且"眼笑"了。这一趣闻两天后也见诸报端，引人注目。

说的是肯尼亚山区，一只乳臭未干的羚羊找不着妈妈，嗷嗷待哺，正好邂逅一头饥肠辘辘的母狮，当我们欲看又不忍看紧接着的惊人的一幕时，万万没想到这母狮却爆出个大冷门：不仅对送到口边的美餐缄口不尝，反而举止儒雅地与羚羊相伴而行，一路呵护有加。看到这里，我还怀疑这家伙读过《伊索寓言》，想重演狼和小羊的故事。但是，它在以后的几天里此衷不改，尽管身体疲惫，然而爱心依然。原来，它是以一种逆向思维和悖于常理的运作，异曲同工地完成了同样惊人的一幕。

狮有"百兽之王"的称呼，其实，论躯体，它远逊于大象；论智商，它远逊于猩猩；论役使，它远逊于牛马。所谓"百兽之王"，无非是大嚼百兽以果腹，靠百兽鲜活的生命以支撑自己的生命。本来，这就是大自然生物圈中食物链的既定程序，任何动物当然无法也无必要跨越这个程序，但是，那头母狮，却以媒体已经报道的那种方式，完成了一次匪夷所思的跨越。

面对弱肉而不强食，这对于一头已经饥饿且消化功能正常的狮子来说，已让人吃惊；更让人吃惊的是，当羚羊妈妈找到自己的小羊羔时，这母狮竟彬彬有礼地守候在一旁，让妈妈无所顾忌地哺乳，成全了母子的天伦之爱。如果说，前一举动还只是动物界的某种偶然，那么，后一举动，我总觉得多少跨越了动物的层面。报道说，陪护几天后，母狮因困乏打了个盹，羚羊被一头偷袭而来的雄狮吃掉，这头母狮对它的同类怒目而视，这又一次说明，这头母狮确实不仅跨越了狮类的偏狭，也跨越了动物繁殖并保护幼崽的本能。

孟子说的"老吾老""幼吾幼"，显然也是停留在动物的层面上，而他紧接着说的"以及人之老"和"以及人之幼"，则提升到人的道德层面上，是一种崇高的行为规范和人格标准，这就是对私情或亲情的跨越。人间正是有这种跨越，才显得温馨和文明，人也正是因为有比这更多更广的跨越才显得伟大和高尚。而人性之中，母性尤其显得博大无私，文学上再夸张的描绘都难以显现母性的圣洁和神奇。

襄县城郊有一位叫贾雪莹的老奶奶，孤苦伶仃，在拾破烂中抱养了十来个弃婴，我见过老人家，至今难忘。无独有偶，上周六北京残疾人的会演中，我又从荧屏中见到雷州一位叫劳秀玉的老人，竟在拾垃圾的生涯中，收养了六百名残疾弃婴，这让人为之震撼。

　　两位伟大母亲，分处南北，同创奇勋，凭着人格的魅力和母性的张力，跨越了私情、跨越了贫窘、跨越了世俗，攀上了爱的高峰，让人景仰。

　　狮的跨越，不值得深究，而人的跨越，却是人性和人格层面上的严肃话题。

2002 年 1 月 31 日

许昌赋

　　许昌之名，始于魏之黄初二年，文帝曹丕于此称帝后，鉴于"汉亡于许，魏基昌于许"，遂命改许县为许昌。考史籍，则远为悠久。尧时许由率其氏族逐颍水至此辟荒耕牧，史称许地。后，夏王朝缔建于阳翟（今许昌市禹州），许地即为夏朝之活动中心。西周武王分封，曾一度称许国。秦置颍川郡，辖许（今许昌县）、阳翟等县。西汉析许县，置颍阴县（今许昌市魏都区）、许县等七县隶属颍川郡。三国时期，颍川郡属豫州，至魏文帝定名许昌，并为魏五都之一，许昌之名遂沿用至今。现在，许昌市辖禹州市、长葛市、许昌县、鄢陵县、襄城县和魏都区。改革开放以来，飞快崛起，以一个新兴的现代化城市，作为中原城市群南大门，闪亮于中国中部。近年来先后荣获"国家园林城市""国家优秀旅游城市""国家森林城市"三个光荣称号，国家卫生城之申报已通过暗访考察；同时还拥有"中国三国文化之乡""中国陶瓷文化之乡""中国蜡梅文化之乡""中国第四宜居城市"等光荣称号。

　　中原腹地，颍水岸边。沃野浩乎无垠，争奈沉睡方酣；河水清且涟猗，空照舜地尧天。高士许由逐流而至，乐而

忘返。率部族芟原始荆榛，播生活期盼，胼手胝足，辟荒造田。嗟乎，农耕文明，庶几萌发于许氏部族之刀耕火种；家庭模式，庶几雏成于许氏儿孙之土灶棘烟？自是，蒸蒸乎腹地崛起，欣欣乎中原领先。时称许地，乃华夏民族早期之家园。嗣后夏启于阳翟钧台昭告天下：夏王朝自兹缔建！盖五千年文明史，亦自兹开篇。[①]大哉阳翟，惶惶然中华历史发轫之首站，赫赫然华夏社会演进之起点！

尤堪焚香斋戒正襟端书者，常规考古一掘，竟然动地惊天！赫赫头盖骨，叮嘱于不言：重立华夏族谱，补修人类史鉴。异哉许昌灵井，岂有灵风灵水？写下惊世之篇！[②]

迨至秦汉，划归颍川。中州胜地天宝物华，资源富赡，地灵人杰，屡出俊彦。韩非、吕不韦、张良、晁错、陈寔、荀彧、钟繇……皆植根许土，蒙灌颍川。

汉季衰颓，天下纷乱。曹操赴洛迎帝，献帝移驾许县，自此改元建安。乃扩修城池，营建宫苑。噫嘻，雄哉许都！天朝气派，睥睨人寰。曹操挟天子以令诸侯，修耕植而事屯田。域中遂无人问鼎，朝野皆仰首以瞻。许都处帝辇之下，凡二十有五年。操赖此基地，放胆逐鹿，铁血中原。北夷绍巢初奠霸业，东临碣石沧海濯剑，南涉江汉横槊赋诗，西靖马韩震慑羌番。许都威权辐射之所及，指点泱泱北国，终成一统江山。

炎汉名存实亡，天子尸位素餐，至操死丕继，事势弥显，然可喜可贺可讴可颂者，在斯时曹丕，弃却剑戟，力避血沾，竟敦请刘协禅让，俾曹魏和平接班。是日也，祥云吉光下，禅台高筑；瑞霭馨氛中，彩旌招展；鼓乐喧阗际，玉玺易手；山呼万岁时，新主秉权。汉魏兵不血刃之替嬗，惟许都首创其端！化干戈为玉帛兮，变恐怖为详安；弃人头之滚滚兮，取生灵之欢欢。恩威相济，人性夺权。问神州千城万邑，何处膺此旷世之殊荣，何地堪称万代之懿范？此处也夫，此地也夫！曹丕命此都曰"许昌"，嗟夫，许昌，和平之都城，和谐之地盘，和善之乡土，和乐之港湾！

京畿宝地，文化绚烂，况三曹雅爱诗章，屡垂文范，领军七子，臻荣文苑，"忧从中来"慷慨吟啸，"对酒当歌"风骨凛然。③是以古代文史，彪炳建安。以至邺下文坛彬彬之盛，中原文化灼灼其华，许昌庶几诸流之源！盛哉许昌，文风习习，文气沛然，文运不衰，文脉永传。白居易过许题壁，吴道子居许作画，"画圣"美名千古相沿。许昌小西湖，恒睹花柳鱼鸟之共戏，不辍诗酒丝竹之同欢。湖畔亭阁，尝聚"德星"时贤，湖水有情，尝摇梅尧臣轻舟，荡欧阳修吟盏，赏苏轼新作，映苏辙庐轩。

至今许昌，遗存屡见，人文古风，依稀扑面。石器时代之遗址，文物未湮；春秋时代之许都故城，基座宛然。名胜古迹，粲如明珠闪亮于现代化市廛；先贤墓葬，视若宝藏封存于高产试验田。灞陵桥尝抓拍关公辞曹勒马挑袍之瞬间，春秋楼正宣讲关公守护二嫂别室夜读之美谈，关公文化，假许昌百姓之心迹口碑流芳千年。凭吊华佗墓、伏皇后墓、董妃墓，踯躅受禅台、射鹿台、练兵台，谒读尹宙碑、"三绝碑"、关羽辞曹归刘碑，叨念"闻听三国事，

每欲到许昌"之民谚,其呼之欲出之文化记忆,其含英咀华之历史积淀,造就许昌城市之人文品位,塑成许昌市民之文化风范。

祖宗福荫许昌者夥矣,许昌神垕钧窑又标一端。入窑一色神垕土,出窑万彩霞满天。唐玄宗曾为倾倒,至宋亦为宫廷所专。所谓"纵有家财万贯,不如钧瓷一片",良有以也,其釉色素里惊艳,其格调雍容大观,其巨瓶大尊一旦闪亮登场,聚焦效应立显。夫 china 者,本瓷器也。土之艺术造型,火之导其窑变,令窑里乾坤,气象万千。盖以洋人观之,当年擅熔化学物理艺术人文于一炉者,中国而已,舍此谁堪!无怪乎博鳌国际峰会,东道吾国咸赠瓷器以为纪念。中央拔金擢玉,终以钧瓷入选。是以钧瓷之国礼殊荣历三届而蝉联,④备受吴作栋、老布什等若惊之赞。美哉钧瓷,中国国礼——许昌名片!幸哉许昌,莫愁前路无知己,天下谁人不识君!

改革开放,春雷炸天,惊蛰之声惊古都,一跃而起奋着鞭。戮力经济,宏图大展。经营城市,喜见小城春秋,终付过眼云烟,生态化信息化之现代格局,顿改昨日旧观。区位既处要津,多方惠我匪浅。开发西部战略,许昌承东启西,左右逢源,"潮平两岸阔,风正一帆悬"。西气东输热风呼啸而来,赐我宝气绵绵;南水北调巨龙亦将迤逦而至,赐我银波潺潺。郑州国际空港,唯我任享毗邻之便,铁路高速公路以"米"字汇于足下,岂但千里江陵一日还!走工业强市之路,笃遵科学发展,国有民营俱上,惠民创业当先，城乡一体提升，力促 GDP 翻番。许继集团之大型电力装备，早赴三峡秦山呼雷唤电；⑤黄河集团之金刚石系列，以最高份额强势赴海外攻坚；上市美国之众品食业以冷鲜肉系列，赴美欧胜利软着陆；西继公司之电梯系列，矢志托举中西部直上云天；瑞贝卡发制品系列剽掠全球；帝豪卷烟、河街腐竹乃传统名产。许昌之国家农业科技示范园区，一派电子掌控之碧玉世界，信息维系之翡翠人间，乃全国首批全省首建；"花都"鄢陵，乃北国最大之花木基地、名甲天下之蜡梅家园，花卉扮靓黄土地，树苗早度玉门关。更有浓缩植物世界之精巧盆景，凝聚人间温暖之度假温泉。⑥而今许昌市区，翁翁绿色植被，铺饰街头巷尾土地，郁郁千枝万叶，充盈房前屋后空间。人行道上垂柳撩发，街树荫里落英披肩；纵穿市区之清溪河繁花夹岸，直达花都之绿化带画廊绵延；林海溢清芬，"氧吧"是实，翠叶捧芙蓉，"莲城"名传。"国家园林城市""国家优秀旅游城市""国家森林城市"，系国家郑重加冕，许昌有幸得兼。"中国三国文化之乡""中国蜡梅文化之乡""中国陶瓷文化之乡"，全国第四"宜居城市"之嘉名美誉，乃古老文化之现代演绎，精神文明之物质体现。人文生态结缘，许昌风光无限！

注：

①2007 年 9 月，"中华文明起源与早期发展研究"考古队，在许昌禹州瓦店的钻探发掘中又发现了龙山文化晚期的一些遗迹和大量遗物，将给禹州"华夏第一都"历史地位的确立进一

步提供了有力佐证。

②2007年12月17日11时许，在许昌灵井，考古队发掘出一块人类头盖骨。2008年1月22日，国家文物局在北京召开新闻发布会，向全世界宣布：在许昌灵井旧石器时代遗址，发现了距今8万年—10万年较完整的古人类头盖骨化石，并将命名为"许昌人"。2008年4月8日，国家宣布2007年度"全国十大考古新发现"评选结果，头盖骨"许昌人"无可替代地高居榜首。

③三曹，即曹氏父子曹操、曹丕、曹植。七子，即活跃于三曹周围且志同道合的建安时期著名作家王粲、刘桢等七人，多活动于邺下。

④博鳌亚洲论坛2003年、2004年、2005年年会上，中国政府馈赠与会首脑的国礼均是钧瓷制品。

⑤许昌许继集团2007年12月26日荣获"中国工业大奖表彰奖"。

⑥鄢陵花木种植总面积高达65万亩，为中国北方之冠，花卉远销各地，树苗远销至新疆。鄢陵素有"蜡梅之乡""鄢陵蜡梅甲天下"美称，姚家花园系历史较久的私家名园。前年已开采地下温泉，水温高且恒定，建有豪华的花都温泉度假村，颇受欢迎。

读诗札记

一、马入诗中愈多姿

马，在古代的社会生活中太重要了，平时它是唯一快捷的代步工具，交通往来物流输送主要靠它；战时则几乎须臾不可或缺。有这种现实基础，文学作品里当然少不了对它的描摹和叙写。唐诗中，就常提及马，边塞诗人岑参好多诗就有对马的生动描写，杜诗中也有些写马的，李贺竟有一组多至 23 首的马诗。杜甫写胡马"所向无空阔，真堪托死生。骁腾有如此，万里可横行"，我就很喜欢。对于全赖在马背上移动自己在神州大地的坐标以完成人生实践的古人来说，特别是对于像杜甫这样以为无马安能平定安史叛军的人来说，这诗自是出自胸臆。中唐诗人姚合有一首《老马》，"卧来扶不起，唯向主人嘶。惆怅东郊道，秋来雨作泥。"乍看平平，再看却有意思，在朝夕相伴中，马已经感受到主人的爱抚和呵护，它的"病中吟"也只向主人这位唯一的知音倾吐，而主人呢？也预想到日后秋雨绵绵，道路泥泞弄得赢弱的它更加步履维艰，从而表现了诗人对老马的爱怜之情。

不过，这首诗虽好，也只是停留在就事论事的层面上，要是叫为唐代诗歌理论奠基的陈子昂读了，他一定会批评此诗缺乏"兴寄"，只是一道浅层次的好诗，如果有点现实批判精神，就须将诗境提升一步。这样说来，我倒想起了现代杰出诗人臧克家的代表作、也是同题的《老马》：

总得叫大车装个够，

它横竖不说一句话，

背上的压力往肉里扣，它把头沉重地垂下。

这刻不知下刻的命，

它有泪只往心里咽，

眼里飘来一道鞭影，

它抬起头望望前面。

这首短诗每一句甚至每一字都以一当十地紧扣题目，写出了拉车的老马忍辱负重任凭役使的可怜形象，显示了弱势在强势面前的无奈。表现了一个生命个体在不可抗拒的外力面前的无所作为。略有见地的读者一读就心领神会，这是写的旧中国尚未觉醒的农民，其现实意义和认识价值不言而喻，到底是大家手笔！南宋爱国将领李纲晚年写了一首七绝《病牛》，显然是他的自我形象的借喻，其形异，其神一也，不多说。

值得一提的是，韦应物的词《调笑令》：

胡马，胡马，远放燕支山下。

跑沙跑雪独嘶，东望西望路迷。

迷路，迷路，边草无穷日暮。

这首小令，全用白描，勾勒了一匹沦落在朔北荒原的失群之马，用它自己的肢体语言，向昏昏长天和苍茫大地，倾诉自己此刻的孤寂和幽独、失望和恐惧、彷徨和寻觅，这一诗歌形象，让我想到半辈子或一辈子离乡背井抛妻别子而远戍塞北、引颈望乡的征人，浪迹天涯踽踽独行的游子，或被无情的冷漠所包围的孤独者。

借马的肢体语言来传达作者心中酝酿已久的情愫，我以为最言简意赅、深刻隽永的例子是女诗人蔡琰的长篇叙事《悲情诗》，蔡琰在东汉末年的董卓之乱中身陷胡地12年，与匈奴生二子，后被曹操遣使奉金赎之归汉，虽遂了夙愿但又必须留下二子，"天属缀人心，念别无会期，存亡永乖隔，不忍与之辞"，临行之际，面对自己的骨肉，"见此崩五内，恍惚生狂痴"，作者此时当然是欲行又止，不忍遽舍，于是写了这样两句：

马为立踟蹰

车为不转辙

作者在归汉与别子这两者之间，面临严峻而难堪的选择，当她只能选择后者又不忍抛离骨肉割断那"抽刀断水水更流"的血缘时，当然寸步难移。马，在这时也似乎善

解人意，为之"立踟蹰"，抽象的主观情借有形可感的马的行为来表达。

显然，诗人笔下的马投射着诗人此时此地的特有感情，也就是王国维说的"皆著我之颜色"，这些意象也似乎成了诗人自己的化身，互为同化，物我合一，这也是诗的移情手法。

还有一个有趣的例子，俞国宝写南宋达官贵人春游西湖的词《风入松》精彩极了，简直是著名的七绝《题临安邸》"山外青山楼外楼，西湖歌舞几时休。暖风熏得游人醉，直把杭州作汴州。"的姊妹篇，这里仅录上半阕：

一春长费买花钱，日日醉湖边。
玉骢惯识西湖路，骄嘶过、沽酒楼前。
红杏香中箫鼓，绿杨影里秋千。

玉骢（白马）的主人只要出车，总是到一个固定的地方——沽酒楼，即坐落西湖之滨的豪华酒楼，所以老马识途呵，主人日日要在那钗光鬓影、灯红酒绿的所在醉上一番，使马形成了一种条件反射，沿着不变的高贵，似乎自己也跟着高贵起来了，所以一路趾高气扬、骄嘶而过，这一"骄"字用得太妙了，精审确当，生动传神。我对这个"骄"字体会尤深，那是1979年冬，马路被大雪覆盖，我提着重重的胡萝卜，和很多行人一样蹒跚地走在路中间，忽听后面有人对我厉声怒斥，回头一看，是一名从黑色轿车左窗探头的司机，那年头当然没有私家车，他显然是怒我没肃立道旁，侧脸回避。几年后，又从电视上看到某乡长驱车进村"视察"，疾驰过桥碾死一女孩的新闻。这两次，不知怎么搞的，我都想起了俞国宝笔下的马。

原来，马，这些大自然派遣到人类社会的友好使者，都是驮载着千钧之重的意识形态，进入文学的，而其中被优选进诗歌的，又更加光彩焕发了。

二、意象的层递

当诗之思从诗人笔端汩汩流淌时，那负载着诗意的词汇就会在稿纸上疯长，于是结构相似、意思相关的语句连串出现，就形成了排比句型。这在新诗中俯拾即是，在旧体诗词中较少，而在曲中常见。辛弃疾《清平乐》中的"大儿锄豆溪东，中儿正织鸡笼，最喜小儿亡赖，溪头卧剥莲蓬"，可算排比，但又有接近层递。

层递是在排比基础上各分句的内容不是简单地并列，而是依其逻辑的发展，在内容上递升或递降的一组句型。殷夫早年翻译的斐多菲的名篇：

> 生命诚宝贵，
> 爱情价更高，
> 若为自由故，
> 二者皆可抛。

生命——爱情——自由，这显然是一组递进关系的"信

仰链"。而余光中的《乡愁》就更清晰地表现了诗人的生命历程是如何越来越深地陷入了乡愁的深渊:

小时候,
乡愁是一枚小小的邮票,
我在这头,
母亲在那头。

长大后,
乡愁是一张窄窄的船票,
我在这头,
新娘在那头。

后来呵,
乡愁是一方矮矮的坟墓,
我在外头,
母亲在里头。

而现在,
乡愁是一湾浅浅的海峡,
我在这头,
大陆在那头。

同一个乡愁,余先生先后诉之于邮票、船票、坟墓、海峡,由小到大,由浅到深,由狭隘到广阔,由微小到博大,思想和境界的递进是感人肺腑的，是现代乡情题材诗歌中不可多见的好诗。

范成大的拟乐府诗《后催租行》也是以递进的形式表现了现实意义和批判锋芒："老父田荒秋雨里，旧时高岸今江水。佣耕犹自抱长饥，的知无力输租米。自从乡官新上来，黄纸放尽白纸催。"身为朝廷命官的作者，以贫苦农民的口吻控诉了乡官的催租是如何逼得他们走投无路，不得已，只好卖掉大女儿和二女儿的：

卖衣得钱都纳却，
病骨虽寒聊免缚。
去年衣尽到家口，
大女临歧两分首。
今年次女已行媒，
亦复驱将换升斗。
室中更有第三女，
明年不怕催租苦。

这是作者有意采用的当时百姓的口语，也记录了当时百姓的血泪！卖掉两女熬过了去年和今年，明年也可过关，因为有老三姑娘在，具有讽刺意味的是，后年呢？本诗中，作者不吝笔墨，用层递的艺术手法，一层深入一层地展现了农民的苦难，正如《诗品》所说："感荡心灵，非陈诗何以展其义，非长歌何以骋其情？"

臧克家的《三代》也与这异曲同工：

孩子

在土里洗澡；

爸爸

在土里流汗；

爷爷

在土里葬埋。

我把这首诗一直奉为学诗的经典，因为，第一，典型地概括了旧中国三个年龄阶段的农民；第二，本质地概括了旧中国农民痛苦操劳的一生，当孩子、爸爸、爷爷及其必然的悲惨结局；第三，有代表性地概括了旧中国千千万万农民家庭的生活模式；第四，从三代人"生—长—死"的生存逻辑循环不已的连续性看，还概括了几千年中国世世代代劳动人民的命运。两千年习以为常的生存逻辑通过这三种意象的层递，震撼心灵，这首小诗的内涵，总在某种意义上包容了一部中国历史。

顾工的《伐木者的小屋》也是一首看似小巧实则厚重的优秀诗篇；

木头的门，

木头的顶，

木头的窗外，

是树林。

在这小屋，

只听到斧声、锯声，
伴随着一阵阵
鸟雀的啾鸣。

屋子虽小呵，
却孕育着千万大厦
千万栋梁、千万窗棂，
她是一切房屋的母亲。

木，是大自然的一种常见物质，是生活的一种基本元素，诗人正是死死抓住这物质、这元素，作为贯穿全诗的意象，作为整首诗的灵魂，作为诗眼。第一节的层递关系是一目了然的，第三节由小屋到千万大厦到一切房屋的递升关系也是一目了然的，只是第二句和第三句，好像是大的递升中包孕的一个小的递降，实际上，写诗的人都知道，这是调整语气的一种权宜的技术处理。

本诗诗句似递进，透视了诗人对林区生态认知的递进，更表现了诗人对伐木工所干事业重大意义感知的递进，从而通过对林区这个森森海洋奇特景象的审美观照，完成了对造物者——大自然和对"造屋者"——伐木工的深情讴歌，真是"登山则情满于山"呵，诗人的这首小诗留给了我们隽永的诗味。

艾青在看了芭蕾舞后赠给乌兰诺娃的小诗也可看出层递的关系：

像云一样柔软，

像风一样轻，

比月亮更明亮，

比夜更宁静——

人体在太空里游行。

……

　　写得轻盈，写得温柔，把读者也带到了乌兰诺娃用舞蹈语汇营造的诗的境界，由"像"到"比"，由"一样"到"更"，这种递进把诗一步步引进了舞台的浪漫和优雅，奇幻和美丽。

三、比较助读

　　余光中的《乡愁》读而不厌，读着读着，自然也如所说，"诗人感物，联袂不穷"。我们也会想到杜甫的"戎马关山北，凭轩涕泗流"，柳永的"不忍登高临远，望故乡渺邈，归思难收"，张祥的"长淮望断"，陆游的"早岁哪知世事艰，中原北望气如山"，等等。辛弃疾的《水龙吟·登建康赏心亭》中这几句稍嫌费解：

遥岑远目

献愁供恨

玉簪螺髻

其实旧体诗词在造句时为了迁就诗律或词谱保持押韵，必须打破口语习惯，我们解读，只需按平常口语习惯调整原句的词序就迎刃而解了：远目玉簪螺髻般美丽的遥岑，感受到的，只有家园难归之愁，国土分裂之恨。

这个意思的表述较费口舌，一次，读到台湾诗人洛夫的诗《边界望乡》：

> 望远镜中扩大数十倍的乡愁，
> 乱如风中的散发，
> 当距离调到令人心跳的程度，
> 一座远山迎面而来，
> 把我撞成了，严重的内伤。

一首好诗迎面而来，撞得我，大喜过望。以后当我讲辛词《水龙吟》时，就把洛夫先生的大作拿出来比较助读，窃沾沾自喜。

在中文系读书时，曾一度喜读拜伦，背诵当时《中国文学史》中的某些爱情篇什时，总会引起大脑里诸多记忆点的一哄而起，弄得泾渭交流、含混不清，有的失之牵强，有的聊相匹配，现在回忆起来，还有点意思。

元稹的《遣悲怀》是极其感人的悼亡发妻的不朽之作，其中一首是：

> 昔日戏言身后意，
> 今朝皆到眼前来。

衣裳已施行看尽，

针线犹存未忍开。

尚想旧情怜婢仆，

也曾因梦送钱财。

诚知此恨人人有，

贫贱夫妻百事哀。

背这首诗时，却总会连类而及地背背拜伦诗：

你酸心的证物，你凄凉的表记，

尽管令人难过，紧贴我的前胸，

好好保存那爱情吧，使它完整，

不然就撕裂我所贴紧的心。

时间只能冷涸，但不能转移，

爱情，因为绝望而更神圣，

呵，千万颗活跃的爱心怎能够

比得上这对于逝者的钟情。

在《遣悲怀》中，对于妻子留下的尚存她体温的针线绣品，元稹至今妥为保存并不忍一睹，这种真情挚意，在七律中表现得蕴藉而简约，而拜伦的自由体就可尽意抒发了，也许，是背诗的我觉得前者不能满足我的感受欲望，所以再用后者来弥补。

同样，背《长恨歌》杨玉环被缢死以及李隆基返程时：

君王掩面救不得，

回看血泪相和流。

……

天旋地转回龙驭，

到此踌躇不能去。

马嵬坡下泥土中，

不见玉颜空死处。

也很自然地想起了拜伦的：

你死了，这么年轻、美丽，

没有人比得上你，

你那种娇容，那种绝色，

这么快回到土里！

虽然泥土承受了它，

而人们也将不经意地在那上面践踏，

却有一个人绝不忍

对你的坟墓注视一瞬。

李隆基经过马嵬坡时，"君臣相顾尽沾衣"，仅是与身边的臣属相顾，而对于黄土中人，有意回避了，只是"东望都门信马归"，即是信马由缰，可见他已是魂销神伤，惶然无主了。拜伦的诗，却补足了这些细节，使我这个读者得到满足。

古诗和新诗，特别是中国诗和外国诗的这种不同，当然有它深层次的原因，比如中西文化，中西艺术固有的思

维方法、认知、感知和表达的传统模式等，本来大相径庭。最简单的例子是，我们的艺术表现一贯重神，重神似，重传神入化，重神思，重神肖；西方则重形，重形似，重形肖，重穷形尽相，重形象逼真。这一分野，决定了我们重粗笔勾勒，重言外之意，重点到为止，得言有尽而意无穷，重以一当十，重尺幅千里，重韵外之旨，重象外之境，重弦外之音。

至于中国古典诗歌形式造型上所受到的严格限制，不容许那么从容、那么周详、那么缜密、那么纤细，则是外行凭直观就可直觉的。新诗和外国诗就没有这些条条框框了。

杜牧与情人离别的前夕，那么风流倜傥的杜郎，也不好意思直说他俩的悲伤，只是说"蜡烛有心还惜别，替人垂泪到天明"。宋人柳永比唐人又开放了一点，把女友送至汴京河边，写道："留恋处，兰舟催发。执手相看泪眼，竟无语凝噎。"李清照这位才情横溢的大词人，毕竟还保留着大家闺秀的矜持和雅范，对柳永这声名鹊起的前辈的词不达意表现了一种鄙夷和不屑，斥为"语出尘下"，因而在自己的同一情况的词不达意之作中，就表现出有分寸的伉俪之情，须知，她的性伙伴是自己明媒正"嫁"的夫君，她还是把河边送别的情况糊里糊涂地一带而过："红藕香残玉簟秋，轻解罗裳，独上兰舟。云中谁寄锦书来，雁字回时，月满西楼。"秦观这位婉约词人毕竟"春色满园关不住"，他写道："销魂，当此际，香囊暗解，罗带

轻分。谩赢得、青楼薄幸名存。此去何时见也？襟袖上，
空惹啼痕。"

　　看来，除李清照外，上述三位风流才子，与女友分别
时真的动情了也动容了，所以写得深情缱绻，而且绰约多
姿，但是，都写得简约，蜻蜓点水似的，这是典型的中国
式依依惜别。这一情况轮到拜伦来写时，那就是西洋式的，
另一番景象了：

　　　　雅典的少女呵，在我们别前，
　　　　把我的心，把我的心交还！
　　　　或者，既然它已经和我脱离，
　　　　留着它吧，把其余的也拿去！
　　　　请听一句我别前的誓语，
　　　　你是我的生命，我爱你。
　　　　……
　　　　还有我久欲一尝的红唇，
　　　　还有那轻盈紧束的腰身，
　　　　我要凭这些定情的鲜花，
　　　　它们胜过一切言语的表达，
　　　　我要说，凭着爱情的一串悲喜，
　　　　你是我的生命，我爱你。
　　　　雅典的少女呵，我们分了手，
　　　　想着我吧，当你孤独的时候。
　　　　虽然我向着伊斯坦堡驰奔，

雅典却抓住了我的心和灵魂：

我能够不爱你吗？不会的！

你是我的生命，我爱你。

拜伦竟写了这么多，把过去相爱过程中积攒下的情爱，在这个关键时刻倾囊掏出了。要是叫柳永再换一种写法，大概是"衣带渐宽终不悔，为伊消得人憔悴"；要叫秦观来写，也大概是"两情若是久长时，又岂在朝朝暮暮"；或者如李之仪所写的，"只愿君心似我心，定不负相思意"。虽然上述几位词人的抒写，也够意思了，确能使"味之者无极，闻之者动心"，但是，到拜伦手里，他则要"行乎所不得不行"，要"联类不穷"，以发自肺腑的语言，无所顾忌地一唱三叹，娓娓道出"人人胸中所有，人人笔下所无"的绵绵心意。这样说来，比起长安的少女和开封的少女，雅典的少女要幸运得多，起码她不用费心劳神去捕捉、去回味、去评估中国古典诗人那言简意赅、言近旨远的诗句。

中国新诗虽不像古典诗词不达意那样惜墨如金，却也不大像外国诗那汪洋恣肆，比如徐志摩写离别：

最是那一低头的温柔，

像一朵水莲花不胜凉风的娇羞，

道一声珍重，道一声珍重，

那一声珍重里有蜜甜的忧愁——

沙扬娜拉！

把中国古典诗歌、中国现代诗歌、外国诗歌同类题材和主题的篇章拿来互相比较，互相参照，互相启迪，互相品鉴，是很有意思的，也有助于解读。

四、以光写人

我觉得，拜伦善于运用和调动光这种诉诸视觉的东西去描写他所爱慕的女性，他深谙光的巧妙照射对于表现女性的魅力和青春的风采，可起画龙点睛的作用，他很注意女性的肌肤、眸子、头发、服饰对光的反射中闪烁的青春的华彩、生命的火焰。比如《她走在美的光彩中》：

她走在美的光彩中，像夜晚
皎洁无云而且繁星满天。
明与暗的最美妙的色泽
在她的仪容和秋波里呈现，
仿佛是晨露映出的阳光，
但比那光亮柔和而幽暗。

增加或减少一分色泽
就会损害这难言的美，
美波动在她乌黑的发上
或者散布淡淡的光辉，
......

呵，那额际，那鲜艳的面颊，

如此温和，平静，而又脉脉含情，

那迷人的微笑，那明眸的顾盼，

都在说明一个善良的生命

……

　　诗人调动一切明丽而柔和的光来照抚她，她又用自己的天生丽质吸纳它，然后又投射出她那穿透一切、倾倒一切的人性之光。这光中的美人，是拜伦的骄人之作。还有一首《我看过你哭》，也是写得光彩夺目：

我看过你哭——一滴明亮的泪

涌上了你蓝色的眼珠；

那时候，我心想，这岂不是

一朵紫罗兰上垂着的露；

我看过你笑——蓝宝石的火焰

在你面前也不再发闪，

呵，宝石的闪烁怎能比得上

你那一瞥的美动的光线。

……

你的容光留下了光明的一闪，

恰似太阳在我心里放射。

　　以上两诗对两位女性的塑造中，光的运用成为一种独特的艺术手段，读者的眼睛在这样的形象面前为之一亮。

说她的落泪宛如"一朵紫罗兰上垂着的露",我们的先人白居易早就有了"玉容寂寞泪阑干,梨花一枝春带雨",如出一辙。不同的是,那紫罗兰上的露珠,是为了借喻泪珠的晶莹闪光,而白居易则没有给这首长诗的创作设定"闪光"的要求。

其实,我们的古典诗歌也有以光写人的例子,只是我没看到研究者注意这个光。李白的五绝组诗《秋浦歌第十四》:

> 炉火照天地,
> 红星乱紫烟。
> 赧郎明月夜,
> 歌曲动寒川。

唐时安徽秋浦县盛产铜、银,值夜班的冶炼人愉快(不是唱起歌谣)地劳动在火光冲天、火花飞溅、紫烟弥漫的"土高炉"前,他们年轻的脸庞被炉火映得通红。是火的亮光,还有铜、银熔化的红光,把劳动者的英姿勾勒并且渲染出来了,这个形象光彩照人。

牛希济的《生查子》亦然:

> 春山烟欲收,
> 天澹星稀小,
> 残月脸边明,
> 别泪临清晓。

杂草集

语已多，

情未了

……

女主人公依依惜别的形象，是残月稀星的光线从脸庞
的边沿勾勒出来的，那泪滴也是因反射月光而晶莹，再加
上结句"记得绿罗裙，处处怜芳草"，使这位才情洋溢的
女子别而难忘。同样，周邦彦的《蝶恋花》上片：

月皎惊乌栖不定，

更漏将阑，轳辘牵金井。

唤起两眸清炯炯，

泪花落枕红绵冷。

虽然天上有皎月，但卧室里当是很黑的（古代窗户很小，
且建房不注意采光），即使共枕而眠，基本上是看不见或
看不清对方的，现在唤醒了她，她一夜未干的泪眼猛一睁大，
只有那泪珠才有对微光的敏感，从而显得炯炯然清亮有光，
于是，又一位多情的女性形象，借光线画龙点睛地立在读
者心中了。还有，李白《玉阶怨》中的女主人公也是从整
首诗所营造的诗境中闪现出来的：

玉阶生白露，

夜久浸罗袜。

却下水晶帘，

玲珑望秋月。

毫无疑问，是玲珑秋月给我们白描了"风露立中宵"的怨女，这个在心里呼唤有人相伴的孤独幽灵，是由月光显现其存在的。

现代诗人蔡其矫的《船家姑娘》也是一位在阳光照耀和波光的辉映下健美的自然之子，姣好的海上之花：

诞生在透明的柔软的
水波上面，
发育成长在无遮无盖的
最开阔的天空之下；
她是自然的女儿。
太阳和风给她金色的肌肤，
劳动塑造她健美的形体，
那圆润的双肩从布衣下探露，
那赤裸的双脚如海水般晶莹，
强悍的波涛留在她眼睛。
最灿烂的
是那飞舞轻发的额头
和放在桨上的手；
当她在笑，
人感到是风在水上跑，
浪在海面跳。

是水光日影，给这位姑娘镀上了满身照人的光彩，设若无光，这形象也不复存在了。

艾青有不少写太阳、写光亮的诗，在光的映照下，塑造了不少具有特定时代、特定环境、特定身份的人物形象：如《透明的夜》中：

油灯像野火一样，映出
十几个生活在草原上的
泥色的脸。

油灯像野火一样，映出
我们火一般的肌肉，以及
——那里面的——
痛苦，愤怒和仇恨的力。

还有长诗《火把》中：

让火把照亮我们的脸
照亮我们的
昨天还是愁苦着
今天却狂喜着的脸

诗人以同样的热情，描写了 20 世纪三四十年代像作者一样向往光明的人们，读着读着让人感受到袭人的火的热力和灼人的火的光焰。难怪苏轼曾经高唱：

只恐夜深花睡去，
故烧高烛照红妆。

为《中国历代诗词精华选编》所作序言

　　当我们远古的祖先在与大自然的搏斗中庄严崛起之时，华夏大地就升起了单调朴拙的歌声，这是伟大的中华民族在艰难缔造原始物质文明的同时所创造的精神文明。天上的太阳可以作证，自从黄河西岸传出"邪许""杭育"的信息后，这个大陆的文明之歌便萦回不绝并愈益嘹亮。

　　"饥者歌其食，劳者歌其事"，打从"断竹、续竹"滥觞，歌谣——诗歌就以词语＋节奏＋韵律的范式，成为文学的一种主要体裁，反映了、升华了并且影响了甚至引领了人们的社会生活。

　　至于我们中华民族的处女作，在两三千年前，就仪态万方地响亮登场，这就是汇集了305篇之多的诗歌总集《诗经》。尚在襁褓之中的人类，只能睁大惺忪的眼睛，以朦胧的钦羡，仰视这座矗立于世界东方的巍峨而瑰丽的文明丰碑。《风》《雅》《颂》诸篇，广泛反映了当时中国的社会形态、生活状态、生产水平、人文风貌和思维方式等，包括"硕鼠"的猖獗，"伐檀"者的困惑，"嘤其鸣矣"的友谊，上层人物的"彼黍离离"之悲和"悠悠苍天"之叹。更值得称道的是，被世人誉为文学永恒主题的爱情，就是从这里开

始形之于文字、诉之为文学形象的。听吧，"关关雎鸠"，看吧，"蒹葭苍苍"，多么纯粹而又浓郁的诗情画意！这里没有西方至今保留并向东方推介的胴体的裸展和狂狷的强吻，而是在脉脉含情、心心相印中，传达着春心的悸动，欲恋的缱绻，将我们两三千年前爷爷奶奶的性爱活动，打上如此高雅的精神烙印。《诗经》严格忠于现实、深刻反映现实的创作方法，四言为主的句式，基本隔句押韵的体裁，广泛运用着意铺陈（赋）、比拟譬喻（比）、托物兴起（兴）的写作技巧，以及普遍采用的重章叠句的谋篇模式，都是它独特的艺术创造，一直是我国旧体诗词和现代诗歌认真继承和经常运用的艺术方法，是一份极其珍贵的创作经验和文学遗产。

如果说《诗经》是众人的创作成果的话，那么《楚辞》的形式则是战国时期楚国诗人屈原的个人独创了。可以说，他是在中国文学史上第一位"注册登记"的"法人"，他拥有《离骚》《九歌》《九章》的全部知识产权。他用自己楚国的方言，以基本六言＋语气词"兮"的形式，以浪漫主义的手法，批判贵族的腐朽黑暗，满腔热情地追求真理的美政，以诗人秋兰香草般高洁的气质，呼唤一个政治修明的理想时代的到来。"独立不迁"的人格和"身首离兮心不惩"的精神，铸造了抒情主人公高大的自我形象，这个形象及其积极浪漫主义精神，一直滋养哺育了一代代的爱国诗人。

西汉统治者的采诗制度和乐府机关的设立，广泛搜集了当时流传的民间歌谣，这些基本是五言句的民歌，继承了《诗经》的现实主义传统，生动反映了汉代人民的生活，揭示了尖锐的社会矛盾，诉说了战争和徭役给人民带来的沉重痛苦，表现了劳动人民渴望有一个和平安宁的生活环境，以及对纯洁爱情的追求和对美好婚姻的向往。"欲归家无人"的控诉，"天地合，乃敢与君绝"的誓愿，可以管窥汉乐府民歌的思想张力和艺术魅力。

乐府民歌五言句式的基本确立，适应了社会生活和语言本身的发展与繁荣，得到汉代文人的认同和采用，这是古体诗的一大进步，随后的魏晋南北朝，就是一个五言诗勃兴并主宰诗坛的时期，这一方面是以陶渊明为代表的文人五言诗，另一方面是大部分南北朝民歌。

唐王朝是在三四百年的国家分裂、社会动荡之后建立起来的一个空前统一和强大的帝国。新兴的国家和崭新的时代，加上统治者的较有作为及其有成效的文治武功，特别是开放和宽松的社会环境，使包括诗人在内的广大文人沉浸于欣逢盛世的感觉之中，唐代诗人们以昂扬进取的精神风貌投入诗歌的创作。他们既善于汲取前人的经验，又乐于艺术的探索和创造。于是，《诗经》、汉乐府民歌的现实主义创作方法以及"感于哀乐，缘事而发"的创作原则，《楚辞》的浪漫主义创作方法以及对于艺术个性的张扬，建安诗歌"梗概多气"的风骨，陶诗的田园逸韵，大小谢的山水旖旎，南朝民歌的绵绵柔情和北朝民歌的虎虎雄风，永明诗人的平仄声病之说，甚至梁陈"宫体"的雕章琢句，

总之，不论阳春白雪还是下里巴人，只要有利于思想的修炼和艺术的磨砺，唐代诗人都潜心借鉴和不断摄取，从而造就了唐代诗空的星汉灿烂，唐代诗海的洪波涌起。不要说搜罗五万首之多的全唐诗，随便掀开一种唐诗选本，唐代诗歌的大千世界，就令人目不暇接。这里有"初唐四杰"的多方涉猎，有王孟诗派的山容水态，有高岑诗派的金戈铁马，有新乐府诗派的为民请命，有韩孟诗派的奇谲险怪，有晚唐现实主义诗派的通俗犀利，还有王昌龄、王之涣的塞外高歌，刘禹锡、柳宗元的清峻高洁，杜牧的倜傥俊爽，李商隐的绮丽幽隐。至于李杜这对古典诗坛的"双子星"，更是横空出世，光彩照人。李白上承《楚辞》，把浪漫主义诗歌推向了高峰，他那"黄河之水天上来"的气势，那"抽刀断水水更流"的奇思，那"飞流直下三千尺"的洒脱，那"安能摧眉折腰事权贵"的傲岸，读之叫人如坐春风。杜甫上承《诗经》、汉乐府，把现实主义诗歌推向了高峰，他那"何时眼前突兀见此屋，吾庐独破受冻死亦足"的博大无私，那"道旁过者问行人，行人但云点行频"的现场采访，那"剑外忽传收蓟北，初闻涕泪满衣裳"的爱国赤诚，那"何时倚虚幌，双照泪痕干"的家国柔情，读之叫人倍感亲切。白居易也是一位不能等闲视之的大家，他是创作最多的唐代诗人，他领导了新乐府诗运动，把现实主义诗歌的人民性推向了人所难及的高度，"可怜身上衣正单，心忧炭贱愿天寒"，这是在以心写人呵。至于他的两首长篇歌行《长恨歌》《琵琶行》更是冠绝古今。除了传统的这些古体诗外，唐代诗人还创造了包括五、七言绝句，五、七言律诗和排律在内的近体诗。初唐的沈佺期、宋之问在试制近体方面功不可没。至此，狭义的古典诗歌，已是诸体大备了，至于词、曲这两种体裁，则属于广义的古典诗歌了。

宋代是一个内忧外患交相困扰的朝代，宋诗的创作和发展条件，当然不同于唐代。开国之初的平静和繁荣，滋长了西昆体的流行，虽然宋朝统治者和所有执掌国柄的统治者一样，热衷并且鼓动诗人为自己"涂脂抹粉"、歌功颂德（唐初有上官体，明初有台阁体），但这些只不过是一时的沐猴而冠。这时，先有王禹偁，继有欧阳修、梅尧臣力主矫正，代之以清新健康的诗风，接着又有王安石、苏轼等，他们都继承杜甫、白居易的现实主义精神，创作了大量直面现实、关注民瘼的优秀诗篇。"始知锁向金笼听，不及林间自在啼"，反映了作为宋代诗文革新运动领袖的欧阳修的卓识。"不畏浮云遮望眼，自缘身在最高层"反映了开明政治家、著名诗人王安石的高度。"不识庐山真面目，只缘身在此山中""欲把西湖比西子，淡妆浓抹总相宜"更反映了大诗人苏轼的哲思和才气。北宋后期黄庭坚和以他为代表的江西诗派，他们学习韩愈的"务去陈言"，但钻牛角尖，当时影响虽大但不持久。南宋是在兵荒马乱中登上历史舞台的，这时，"中华民族到了最危险的时候"，因此，救亡图存的爱国之歌就成了当时的主旋律，陆游是这个时代造就的伟大爱国诗人，"集中十九从军乐，亘古男儿一放翁"，他写了大量抗金复国、同仇敌忾的诗篇，继承发扬了屈原、

杜甫的爱国精神，并兼有杜的现实主义和屈的浪漫主义。"楚虽三户能亡秦，岂有堂堂中国空无人""遗民忍死望恢复，几处今宵垂泪痕""王师北定中原日，家祭无忘告乃翁"，爱国之忧，力透纸背。陆游其他题材的诗作也享誉千古，"山重水复疑无路，柳暗花明又一村"。同时期的杨万里和范成大除了创作很多爱国抗金的悲壮之歌外，他们各自另有建树。杨万里诗境新颖，活脱谐趣，人称"诚斋体"；范成大的田园诗是陶渊明、孟浩然、王维田园诗的发展，在当时独树一格。宋末的文天祥更是一位以碧血书写一个朝代悼亡之歌的伟大诗人，"时穷节乃见，一一垂丹青""从今别却江南路，化作啼鹃带血归"，读之令人热血沸腾。

元代诗坛沉寂。明代诗坛高启是一位比较优秀的诗人。至于前后七子，实则影响寥寥。清代诗坛是很可观的，显然开发研究得不够。郑燮只做过"些小吾曹州县吏"，但忧心民间疾苦，他卓尔不群的人格和才华，从为数不多的诗作中也能窥见。袁枚的诗作和诗论都颇有影响。近代的龚自珍是一位进步思想家，他的诗作也颇有见地。林则徐的诗"苟利国家生死以，岂因祸福避趋之"，正是一位民族英雄的光辉写照。被称为近代"诗界革命"一面旗帜的黄遵宪也有爱国诗作。辛亥革命时期的秋瑾，不只是一位"压倒须眉"的巾帼英雄，而且是一位令无数男子汗颜的革命诗人，"拼将十万头颅血，须把乾坤力挽回"，尤其震撼人心。

由茹毛饮血时代的原始歌谣发轫，到二十世纪曙光初露、阴霾尚沉的辛亥年间，狭义的中国古典诗歌，已走完了它光照寰宇、涤魂摄魄的壮丽历程。但是唯其博大，必然富赡，唯其根深，必然枝繁，横柯逸桠，益显华茂。于是，词，还有曲，作为广义的中国古典诗歌的一种体裁适时而生，也是诗歌发展繁荣、多姿多彩的必然。

词的故乡在民间，唐代商业的繁荣、城市的发展，诱发了城市居民文娱生活、耳目享受的需求，于是，按照一定的乐谱演唱的曲子词——也就是文学史上的词，便应运而生并迅速成熟发展，晚清在敦煌石窟中发现的曲子词残本，就是唐代的民间词，近两百首。

其实，对于这种新兴的又是人们喜闻乐见的词，唐代诗人把它视为"诗余"，也试着写起来了。盛唐李白写过两首词，此说虽存疑，但中唐的白居易、刘禹锡、张志和、韦应物均有词存世，并且如"日出江花红胜火，春来江水绿如蓝，能不忆江南"等，已是人所熟知的了。而大量写词，自成一格，并对词以后的发展产生影响的，是晚唐的温庭筠。由于词是士大夫在筵宴之间助兴佐餐工具，是为歌伎演唱而按谱填写的，为符合演唱者的身份和声口，题材多定位在男女恋情、离别相思以及描摹女性容颜情态和服饰打扮上，所以温词以及以他为代表的花间派，词风柔媚婉丽，镂金错彩，这就使当时、以后的五代乃至北宋都沿袭成风，这也就是词史上的婉约词派了。五代词风如此，作为五代人物李煜的前期词，亦复如是。可是，存在决定意识，李煜这个小皇帝亡国被俘后政治人生的逆转而导致了他词作

的逆转，由淫逸骄奢的一国之尊，到朝不保夕的阶下之囚，他只有"剪不断，理还乱，是离愁，别是一番滋味在心头""问君能有几多愁，恰似一江春水向东流"了。李词形象逼真，用语传神，能道出人所不能道者，其艺术造诣，高出其前其后的大批词人，也许这就是其词作生命力之所在。

词至宋代，登峰造极。宋初的太平景象，给词预备了广阔的发展空间。宋代文人乐于以词抒怀言志，市民也乐于以词传情达意，何况，比起诗来，词更便于吟唱，更受宠爱。虽然，宋初的词承袭了晚唐五代的靡靡之风，但随着诗文革新运动的兴起，欧阳修、范仲淹也为词开辟了新境界，注入了一些阳刚之气。北宋前期，晏殊、晏几道父子是词坛的活跃人物。柳永是词坛名家，他扩大了词的容量，创造了长调慢词，也扩大了词的题材，融入了城市风光，他大量写女性，但绝不是士大夫居高临下的玩赏调情，他把民间口语俚语用到词中，使词更活泼且贴近生活，他的词情真意挚，"不忍登高临远，望故乡渺邈，归思难收。叹年来踪迹，何事苦淹留！想佳人，妆楼颙望，误几回天际识归舟"。浅显而缠绵，新人耳目。苏轼更是词坛大家，他顺着范仲淹的探索，创立了与传统的婉约词派并行的豪放词派。他以一般词作不曾涉猎的江山、农村、骑射、历史和人生等，扩大词的表现领域，他洗去传统的绮罗香泽，提升了词的境界，语言铿锵，大气如虹，一阕"大江东去，浪淘尽，千古风流人物"，遂成千古壮歌；"酒酣胸胆尚开张，鬓微霜，又何妨！"词人壮心不已；"人有悲欢离合，月有阴晴圆缺，此事古难全。但愿人长久，千里共婵娟"，词人的心胸境界，一直为后人乐道。苏轼稍后，秦观以婉约缠绵的词称著。再后的周邦彦，偏重词的形式、技巧，当时备受推崇，实则雕琢过甚，曲高和寡。南宋的词，受社会风雨洗礼，一改柔情悱恻，充满了家国沦落的悲壮和慷慨。李清照是一位出类拔萃的女词人。她后期的词，生动记录了她要寻觅、找回、追忆的一切，因为她失去的太多了：文物、家庭、故京、故国，还有青春。"寻寻觅觅，冷冷清清，凄凄惨惨戚戚……这次第，怎一个愁字了得？""只恐双溪舴艋舟，载不动，许多愁。"说她的词，"用浅俗之语，发清新之思"，这是切中肯綮的。张元幹、张孝祥是此时的两位重要词人，他们力主抗金，词情激越，振奋人心。不以词名的爱国名将岳飞，一曲《满江红》气壮山河，"壮志饥餐胡虏肉，笑谈渴饮匈奴血"，回肠荡气，是时代的最强音。伟大的爱国词人辛弃疾，他把整个生命都融入进了抗金复国大业，一生用词来讴歌他为国效命、报国无门的忠愤之情。"醉里挑灯看剑，梦回吹角连营……可怜白发生！""壮岁旌旗拥万夫，锦襜突骑渡江初……追往事，叹今吾，春风不染白髭须。却将万字平戎策，换得东家种树书。"辛弃疾继承了苏轼的豪放词风和南宋初期爱国词人的战斗传统，创造性地吸取了诗文等文学形式的优点，极大地丰富了词体的表现手法和语言技巧，形成了自己独特的"雄深雅健"的风格，把豪放词推向一个更高的境界。需要补充的是，作为词史大家，他也写了一些清丽娴雅的

词作，亦是俊雅动人。与辛同调，还有一批肝胆与共的词家，如陈亮、刘过、刘克庄、刘辰翁等称为辛派词人，也留下了一些慷慨悲歌。这是一方面，另一方面，几十年对峙苟安中，词坛剑气日销，颓风渐炽，使得不少词人在逃避现实中雕章琢句，一味在形式上刻意求工。姜夔是著名代表，其词作情空秀逸，境界不俗。他上承周邦彦，加上与其同调的史达祖、吴文英等，称为格律词派，虽然也制作了些小巧玲珑的"艺术品"，但毕竟远离现实，路子越走越窄。

南宋以后的词，慢慢枯萎，而日渐流行于市井的民间小调，活泼流利，格律宽松，尤其是内容紧贴生活，紧靠下层，且酣畅淋漓，一泻无余，这就是散曲。散曲的出现、发展以及深受群众和文人的喜爱而取代词成为文坛的主流形式，自有其深刻的社会原因，而上述格律派诸人对词的声律的吹毛求疵的苛求，也从文学自身戕害了词的生命活力。

散曲是组成元曲的基本形式，所谓元曲，包括散曲和杂剧，而作为戏剧文学的杂剧，其每折唱词实际上是一个套数，而套数则为同一宫调的支曲所组成，所谓支曲，就是散曲中的小令，而散曲，就包括小令和套数。散曲的创作，和杂剧一样，在元代蔚为大观，造就了元曲的辉煌。

散曲的大家是马致远，其代表作《越调·天净沙·秋思》，秋意深浓，唱彻千秋，以其卓绝的艺术功力赢得了"秋思之祖"的美誉。文学史上最伟大的戏剧家、元杂剧奠基人关汉卿，虽然把主要精力放在杂剧创作上，但留下的散曲，亦是字字珠玑。《双调·沉醉东风·别情》，使柳永的《雨霖铃》不能专美于前。还有白朴、王和卿、张可久、徐再思、乔吉等作家，也写了些优秀作品。

在世界东方这块广袤而神奇的大地上，青山绿水，光风霁月，刀光剑影，春华秋实，喜怒哀乐，油盐柴米，总之，一切人间万象，一切人生百态，通过历朝历代诗人的锦心绣口和生花妙笔，留下了无数光彩熠熠、字字珠玑的锦绣诗篇。掀开这本《中国历代诗词精华选编》，俨然打开了一个金碧辉煌的百宝箱，满箱珠光宝气，令人目眩神飞，精神大振。

本文对近三千年来的中国古典诗歌的发展流变作了一个轮廓的勾勒，目的是为广大读者奉上一根丝线，以便把百宝箱中的这万斛明珠连成一串，俾使更好地采撷、欣赏和享用。

无疑，中国古典诗歌是至高无上的精神食粮，它沃灌了我们的心田，开启了我们的灵窍，加固了我们的脊梁，升华了我们的境界，古代的、现代的、杰出的、平凡的炎黄子孙，谁不在不同层次上接受了它的濡染和熏陶？本书编者马太钦先生就是其中的一员。他早年即从事编辑工作，毕生在文字中打滚，退休之后，别无嗜好，酷爱古典诗词，日积月累，丘壑在胸。他深感诗海浩瀚，卷帙繁杂，一般人翻阅困难，普及不易。各种版本，或按作者，或按体裁，或按朝代，各有千秋，亦各有不足。综合出集的，《千家诗》很不错，起过很大作用，但早已过时。在此基础上的修订本，大多令人有不满足感。为什么有案头常备的"历代文选"、

"古文观止"，就不可以有具同样作用的"历代诗词选本"？他看到了问题所在，认准了弘扬中国古典诗词文化的社会需求，乃自学电脑打印，集前贤和当代专家学者的研究成果，采各家版本之长，加之个人见解和扬弃，"十年磨一剑"，古稀之年，终于选编成了这本综合性的、选材适中、注解精当、便于吟诵、供日常欣赏诵读，可称之为"当代千家诗"的普及读物。

本书从萌生初衷，到搜集剔拣，到编排定稿，当是太钦先生多年激情、多年心血的倾力投注！没有对古典诗歌如痴如醉的拳拳之情，没有对文化遗产薪火递交的谆谆之意，没有毅力，没有学力，以一个名不见经传的退休人员，能干出这件也算是和"经国之大业，不朽之盛事"沾边的事业。当本书荣幸跻身于中国宏伟富丽的精神文化圣殿时，太钦先生该是如释重负、神怡气爽的时候了。（序中所引诗句，均出自此书）

2005 年 9 月于汉魏故都

别忘了这张名片

到处陂塘决决流，
垂杨百里罨平畴。
行人便觉须眉绿，
一路蝉声过许州。

这是清代诗人沈德潜一次路过许州时写的一首七绝。

沈德潜是乾隆年间进士，在诗歌理论上强调诗的格调，在诗歌创作上不算大家，因此，在一些普通的清诗选本中，此诗往往成为遗珠。

可以告慰先贤泽被后世的是，近年，由历史学者马炎心主编的《历代文人咏许昌》一书隆重问世，而沈德潜的这首题为《过许州》的七绝，便神态自若地亮相书中。

不过，这首写在许州的诗，在许州后人即许昌人面前所引起的社会反响以及在诗坛上的思想艺术效应，却未臻于应有的预期。

造成这种作品与受众疏离、难以共鸣的现象，我认为在于这短短四句诗中，竟用了三个比较生僻的词语——陂塘、决决、罨，这在现代汉语中很少或不出现，因而破坏

了该诗在读者面前的亲和力，使它行之不远，被历史冷落。

　　我要说，正是这三个词语的选用，彰显了这位学者型诗人创作时炼字的精审，措辞的缜密，和塑造形象的力求完美尽意。"陂塘"略同于又不等于池塘，它是由于地势不平而形成的坑塘水洼，正因其高低错落才有水的流动；"决决"作为流水声略同于潺潺、哗哗之类的象声词，又湍急于潺潺；"罨"略同于掩，因为罨不仅有掩盖之意，由于有个"网"字头，更有像大网由上面笼盖并且罩住下面之意。因此，这三个词语既是问题之所在，又恰恰是此诗写得真实、形象、精准之所在，有一以当十的作用。

　　作者属于现实主义诗人，所见如是，就描述如是，无意拔高眼前实景。呈现在诗人眼底的许州，就是一派有声有色生机勃勃的生态园林，这说明，当时的许州拥有优越的自然条件、又有对种好田的较为先进的认识，并且对农田的基本建设投入过人力物力，达到了当时水平的"现代化"，这也正是诗人格外钟情之处。诗中深情洋溢的描述是围绕着一个"绿"字展开的：首句说这里雨量丰沛，从而为"绿"的出现预设了前提；次句正面写"绿"，展现了一片浓绿欲滴的沃野平畴；三句则把"绿"写到了极致，连迈步其中的人也被"化"得须眉为之变色；第二句里，垂杨不仅覆盖面大，更有枝叶低垂下来，而且笼盖了上百里的地域，碰上晴天，林间绿光弥漫，其中之人怎不变绿，所以第三句是第二句的必然结果，并无夸大失实之嫌。末句宕开一笔，不写"绿"而写蝉声噪耳，可是这蝉声正是从浓绿丛中流溢而出的。"到处""百里""平畴""一路"说明绿色面积之广阔，"须眉绿"说明程度之深、影响之大，蝉声又强化了它的源头——绿树。不事夸张、不写浪漫主义理想的沈德潜笔下的"绿"，正是许州发展绿色经济所达到的美好境界，这不正是我们奋斗的目标么！

质言之，这个"绿"，正是弥漫于中华民族伟大复兴的中国梦中的绚烂色彩，正是美丽的社会主义强国蓝图的主色调。令人惊异的是，七绝《过许州》诗境的色彩，与14亿中国人所追求的未来色彩那样别无二致，都是生命追求的色彩，春天的本色。

过去的许州人既然拥有《过许州》的"知识产权"，那么，今天的许昌人就拥有《过许州》这张辉耀历史、惊艳世界的名片！

古代诗歌所反映的社会现实和生活图景，当然主要是广大农村，其内容多为贫苦农民的艰辛劳动、痛苦生活、农村凋敝、阶级矛盾和斗争，也有写农村风光、风土人情、丰收景象、愉快劳动，似乎没有见过直接描述农村在改造自然、改良生态、提高生产、美化环境这方面的描述，而本诗内容正好弥补了上述这些空白和缺憾，反映并赞美了古代这个毫无代表性，而在今天却有启示性和示范性的"个例"，如此得天独厚的农业生态，如此不可多得的人居环境，却是许昌曾经拥有过的备受赞誉的事实，我们今天的许昌为什么不把它当作名片慨然掘出，助力许昌的腾飞呢？

别忘了这张名片！

小国大观

——新加坡印象

波音机从曼谷机场凌空而起，脚下的白云托着我难得的洒脱，在一碧无际的高空飞翔，眼前的窗外，澄净而空灵，我的这颗被芭堤雅海滨火热的浪漫陶冶得有点浮躁的心，也随之进入了纯净而安谧的心理空间。正好，下一站是作为我们地理远邦和文化近邻的新加坡，它享誉世界的雅洁的生态环境，醇厚的世风民情，尤其是它至今保有的古老的中华文明，使我心仪已久。我想，以这种心境入境，当无水土不服之虞。

着陆后，机场大厅就以随处可见的翠叶呈鲜、鲜花可人的摆设，向我们敞开了这个花园国家的大门。驱车观光的过程中，一路绿树掩映、花坛毗连。造型各异的大厦在抢占天空的同时，也留下足够的空地，让绿色植被来净化居民环境。尺幅不漏地美化小得可怜的国土，连过街天桥也被打扮得藤蔓披拂，花朵摇缀。这，大概就是这个旅游资源严重匮乏的小国居然成为旅游大国的重要原因。

然而，更使我为之心动的，是导游用娴熟的中国普通话所作的开场白："我们的李光耀先生说了，中国客人是自己人，入境手续不要那么麻烦。"对比到香港特区和泰国的入境手续，此言不虚。这是他们给我这个初来乍到的异国游子的第一份温暖，也是这个赤道国家给我这个黄河之子的第一份清凉。接下来，是她对自己祖国充满自豪的介绍，她指点着车窗外目不暇接的琼楼玉宇、芳草碧树，叙说着国情世情人情，有几句话使我倍感亲切并钦敬不已，她说："我知道你们从泰国来，我们这里可没有夜总会，也没有舞厅之类供你们消费的夜生活。我们政府规定下午五点钟就下班，号召人们回去过家庭生活。"不曾预料，导游的职业语言竟引起了游客作超越旅游的思考。随着"西风东渐"的时代潮流，家庭这种社会细胞，其外膜正在变薄变脆，使浆液向外浸润并不断导致细胞分裂，我们都看到并经历着这种嬗变。恪守中国儒家"修身、齐家、治国"的思路提出施政主张并认真实践，在当今世界大概只有李光耀及其同僚敢如此独树一帜，因为，这必须拥有全民富裕这种物质基础和全民高素质的道德水平。当夕阳的余晖从印度洋上隐退、万家灯火照亮夜空之时，我深情仰望从地上一直排入云霄的层层叠叠的窗户，"春色满园关不住"呵，几乎每扇都透射着轻柔祥和的灯光，氤氲着一家家男女老少共享天伦的温馨。莫道灯光无言，却分明在向我重复着导游小姐关于"回家过家庭生活"的介绍，"国之本在家"，家和万事兴呵，当人们在思考这个国家为什么如此稳定和繁荣时，答案也许就在这万家灯火之中。

有了如此坚实的带有儒道色彩的社会道德根基，再加

上严格的高科技的支撑，这大概就是这个国家的基本国情。请跷起拇指吧，就是这个令过往飞机一眨眼它就淹没在大海中的先天畸形的袖珍小国，早就跻身于发达国家行列而神色自若、仪态万方。如今，它是世界级的大港口，大金融中心，大转口贸易中心，大石油提炼中心和相机制造中心，更不要说，在头上辉耀了好多年的那顶"海上花园""花园岛国"的桂冠，虽历有年月而仍是艳彩撩人，风韵不减。

驱车浏览或徒步溜达在这个国家，耳目所及，新奇而高雅，然而这并没有拉大主客间的距离，只感到亲切怡人。它万象欣荣，天人合一，异彩纷呈，安详有序，不论硬件或软件，都能体察出东方和西方的水乳交融，传统和现代的相得益彰。它的女性很现代，现代得一般拥有高学历高收入高新技术装备的工作平台和生活空间，而不必裸露肚脐眼或穿吊带裙衫或长发遮脸招摇过市。它的男子很成熟，成熟得从容不迫、彬彬有礼而不像泰国男子的闲散度日或香港男子的步履匆匆，也不像某些中国"白领"的衣冠楚楚和中国"蓝领"的不修边幅；它富裕，富裕得国家和百姓都从轿车堵塞马路以示繁荣和出门自驾私车以显身份的俗念中升华出来，坦然登上公交或默默钻进地铁而不必作茧自缚；它先进，先进得全国的自来水均经无菌处理可直接饮用，而不必再麻烦电磁炉或电热器；它洁净，洁净得在几乎是世界最小的国土上建有超大型炼油设备，空气除花草的清芬外别无异味，而不必在大气检测公报中从高不从低地公布大气级别；它宽松，宽松得对多元的思想文化甚至政治信仰听任和兼容，正如我国国营旅行社印发的文件所说"政治观念淡漠"，而不必倚重媒体的主导宣传；它严厉，严厉得随地吐一口口香糖要课以相当于人民币5000元的罚金，携毒品入境可判以死刑，即使随地吐痰，扔废纸之类都会使当局兴师问罪，一名美国人在公交车上乱涂乱画被法院判处鞭刑，并不因克林顿以总统名义求情而豁免，总之，在环保、公益、治安、公关等许多非政治领域，弄得人人——包括我们这些来去匆匆的老外——谨小慎微，动辄得咎。

山姆大叔狮城挨鞭之说，我早有耳闻，这次导游小姐也提及这桩使她引以为自豪的公案。也许，从这一事件打开的一个小窗口，可以窥见他们的民族气质和治国理念，在保护自然生态和净化人文环境这个令很多国家头疼的问题上（顺便说一句，有更多的国家还不够资格头疼，还有一些国家是在假装头疼），新加坡迈出的步子大概是最大的。不错，这一刑法未免失之原始，但它是为了比所有现代国家更现代，也未免失之野蛮，但它是为了比所有文明社会更文明，还未免失之粗俗，但它是为了比所有高雅环境更高雅。在这个与人类命运攸关的严肃命题面前，它义无反顾，它特立独行，他相信"明其政刑，虽大国，必畏之矣"。虽然，它站在地球仪上，你得拿放大镜去谒尊容，在世界史上，历史老人还来不及领到它的准生证，然而，在当今世界，谁敢小觑！呵，这就是新加坡，用全"新"的治国理念和人性思考叠"加"的海"坡"小国！

它有一个标志性建筑即狮头鱼尾雕像，在亚洲大陆最南端并深深插进太平洋印度洋交汇处的风口浪尖上，高昂的狮头雄视海天，鱼尾婀娜前曲，随波逐浪，坚定与灵活、刚强与温柔相互为用，和谐统一成一座磐石般的整体，这就是新加坡！

城

当我一跃而下的双脚踏响八达岭石板铺就的地面时，忽然发现，这喘息方定的大轿车，已把我从寻常生息的地平线，升华到一个世人仰止的高度，长城的高度！

我，以朝觐者的虔诚和观光者的亢奋，被裹挟进中外游客的人流，鱼贯步入长城。俨然掉进墙垣夹峙的峡谷，我拉着铁制扶手，尽力地向制高点攀缘。我在疲惫中琢磨着它缔造的艰辛，在惊悸中审视着它构建的宏伟。登上虎踞峰脊的城台，只见群山攒聚，共同托起这龙蟠万里的城墙，白云低回，竞相拔高它在地壳上的地位。难怪第一位登月的宇航员回首人寰时，赫然映入视网膜的，就是长城；难怪涌动在我身边的洋人，连连掀动快门，拍下那么多的"ok"。是啊！这长城，孕育于东亚大陆，成长于黄河摇篮，挺立于黄土莽原，跨越千山万水，傲对风雪雷霆，而在当今的滚滚新潮中，更重返青春，引得万邦来朝。这长城，舒张万里长壁，紧挽着高原和海洋；矗立百尺高墙，缝合着大地和苍穹；布列森严壁垒，阻隔着战争与和平，标定醒目疆界，甄别着文明和野蛮。这长城，由几亿块坚实厚重的青砖组合在一起，坚不可摧，固若金汤；由几千年烽

烟频仍的岁月凝结在一起，沧桑历尽，忧患备尝；呵！长城，你傲立东方，雄视宇宙，自强自立，岿然不动。你，你是中华民族的雕像！

城上苍老古朴的一砖一石一垛一孔，都触发了我深邃的历史意识，古诗云："嬴政驭四海，北筑万里城。民命半为土，白骨乱纵横。"这使我想起了当年被抓来筑城并为之殒命的成千上万的万喜良们。我放轻脚步，怕打扰城下掩埋的白骨；我不摸城砖，怕刺痛砖中拌和的血肉。我还带着苍凉的情绪，来到了秦皇岛山海关下的孟姜女庙。我鄙夷那些对神膜拜的善男信女，可面对这人性十足的孟姜女，真想礼拜一番。

她在爱情的激励和驱动下风餐露宿，辗转万里，为的是寻找那个

曾为之献出少女的第一次爱情并喜结良缘的万喜良。当获悉她的"春闺梦里人"已是城下枯骨时，她头脑一轰，天旋地转，不，是噩耗引爆了爱情，就是人类对爱的猛烈爆发！

于是，我想，孟姜女万里征程中堆叠的脚印，倾泻的泪水，遗落的呼唤，洒播的哀号，不也能筑起一道长城么！

传说，秦始皇的长城被孟姜女哭倒了；而爱情的长城啊，与人类同寿，与日月同辉。

（本文系作者参加报社举办的以"城"命题的征文作品）

"两家春"祭

入夏后那场劈空卷地的暴风雨，虽然使暑气顿消，但我们这几家人的脸色，还是像暴风雨前的天色一样阴沉，因为窗外那棵大桐树被狂风刮倒了。

我们呐，太懦弱无能！眼看着它与风暴艰难搏击已经独木难支，耳听着它的枝叶被狂风撕拉拽打发出凄厉的求救信号，我们除了呆看，除了揪心，除了跺脚，竟束手无策，直到它魂断楼前，香消玉殒。翌日雨霁，好多邻居，还有我，或伫立阳台，或探首窗外，注目凭吊，无奈地看着它伟岸的躯干，安详地斜卧在它自己浓密的绿叶丛中，闪着凄冷的绿光。

难道是它顶梢长到五层楼的树高过于张扬，直径达五丈的树冠过于招摇，而根子又不甚深，不为尘世所容？或是它呵护我们的拳拳之心过于急切，不准一丝风雨穿越它用繁枝密叶筑就的绿色防线，否则宁可舍生取义自己倒下？还是好人不长寿、红颜多薄命的逻辑被嫁接到了植物界？我惘然。

多好的一棵树呵，它亭亭玉立于两排高楼间的院落，我家的窗户有幸跻入这棵大树的荫庇圈内，亏它伸出绿色

长臂，把两家的高楼携拢在一起。我们怎能忘记，这些年，它居高临下，不分彼此，把它的绿荫，它的清芬，还有它的倩影，它的轻歌，慷慨馈赠给我们。至于说，它为我们挡沙滤尘，尤其是把负氧离子这种"空气维生素"一视同仁地输进我们的窗户，灌进我们的胸腔，强化我们的生命，这笔账，只有环保局的专家才能算清。

白居易写过一首《欲与元八卜邻先有是赠》的七律，用"明月好同三径夜，绿杨宜作两家春"的诗句，赞扬了绿杨不仅给自家，也给邻家带来、装点了一个美好宜人的春天。而今这棵桐树年年亦复如是，春天，它鲜绿欲滴，夏天，它碧翠有加，秋天，它虽叶片泛黄，但仍竭尽所能地践行着春天的承诺，就是冬天，它在北风中沙沙述说的，还是春天的故事。更不用说来年春回，嫩紫的桐花，"千朵万朵压枝低"，俨然一个个小喇叭，奏响的，是春天占领大地的华彩乐章。

谁知好景不长，它倒了！从此，我们和邻居的窗户，都失却了往日树影婆娑、琼镶玉嵌的清丽，以及枝承鸟语、叶筛白云的韵致；从此，流进来的空气，吹进来的风，都失却了一道近在咫尺的绿色关卡，而沙尘烟雾，也不再担心有一道绿色长城了；从此，邻居和我们共同的家园，不，我们的国家，少了一棵大树；从此，我们两家居民，不，我们中国人，环境质量下降了一点点。

说到环境，我以为，有很多同胞，还需要来一个环保意识的启蒙。君不见，公共花木仍随时笼罩在恣意摧残的阴影中，还有，哪一家餐馆食摊，一次性筷子和纸巾的消耗量不是大大超出就餐的需用量！一次踽踽街头，偶见一个正在洗头的女郎，端着泡沫盈盆的洗发水，对着自己门前的树坑慨然泼去，我下意识地脱口而出了个"不能泼"，她侧脸向我翻了个白眼，接着挺起腰，在上衣和裤子之间预留的狭窄地带，又向我翻了个肚脐眼。

我写出自己一而再再而三遭人白眼的经历，除了要说明很多人只是时髦其表，而远未时髦其心的现状之外，还想呼吁人们爱一爱身边荫庇我们、呵护我们的绿色生灵，以弥补这棵大树玉山倾倒的损失，也算是对它和它带来的"两家春"的一种祭奠呵。

寸草效应

在这改革开放年代，正像电子技术的应用，更新了无数家庭的摆设一样，动物蛋白的骤增，也改变了无数家庭传统的食物链，我家餐桌上的结构性调整，就是明证。

尽管如此，但我们全家也从未以时下流行的价值观来冷落新鲜蔬菜，对这些滋养了一代代人的绿色天使，我们感情弥笃，因此，桌上蔬菜的"上筷率"迄今居高不下，而凉拌芹菜，尤其受到母亲的嘉许。

每当芹菜上市，妻子的菜篮里总少不了一簇摇曳欲滴的翠色；就是冷天，厨房的墙角也常有一丛芹菜在炫耀春天的色彩。

为了领略那种"慈颜颔者"的镜头给我们下辈的快慰，妻子对凉拌芹菜的制作是颇下功夫的。齐齐整整一寸长短的刀工，就已具备闻一多提倡的"建筑美"；用陈醋一调，既保住了维生素 C 不被氧化，又平添了爽口开胃的酸醇；加味精而摈斥酱油，是不忍让那黑不溜秋的浓液污染并催老了它的天生丽质；再拌以小磨麻油，使人还来不及鉴赏满盘的珠光闪烁，就已被那沁入心脾并充盈斗室的芳香族元素所激惹，直欲先品为快。这样的成品，与其说是一盘佳肴，毋宁说是一盆民间艺术之花。

上得桌来，母亲照例颔首频频，对这满盘的溢彩流芳，显然有动于衷。我知道，老人一辈子和芹菜交往甚密，年轻时侍候吃素念佛的婆母，也常在芹菜的烹调上做文章，以慰藉吃斋人枯涩的肠胃。如今，轮到自己当婆婆而又欣逢盛世，对芹菜的摄取，自然高了一个档次。老人独偏爱盘中那浅绿、奶黄、玉白的菜心。是呀，这寸寸菜心，细腻脆嫩，色鲜味透，嚼而无渣，咽而不滞，诚然一盘之精粹，对此谁不企求一飨口腹！可是，妻子和我此刻总是全神贯注地在盘中搜索这些被老人誉为"利口""过牙"的菜心，从无截留之嫌。我们两双筷子夹呵，夹呵，夹上这些维生素 C 和 E，以降低老人的血压和胆固醇；夹上这些纤维素，以缓解老人的习惯性便秘；夹上我们的绵绵心意，以暖热老人由于一人在家看门而显得清冷落寞的心。我深知，老人年届耄耋，岁月无多。不管新潮青年在伦理观念上有多少更新、飞跃、突破，我仍旧认为，"乐其心，不违其志，……以其饮食忠（善）养之"，还是人子应做的，何况，"谁言寸草心"，——记得一次，我小声念出这五字时，上初中的女儿便脱口接上："报得三春晖"。

不知是曾子语录和孟郊诗句的感召，是老人当年孝敬婆母之事的垂范，还是妻子和我日常行为的濡染，或是遗传基因的作用，女儿也总是主动配合我们搜索，一方面往老人碗里送，一方面往我们口里塞，唯独自己不吃一根。记得古籍《列子》里有"献芹"的典故，《红楼梦》第一

回也有"芹意"的谦语,都取区区小事不足挂齿之意。诚然,女儿的这种自发之举,小则小矣,却顿然消释了我多年郁结于胸的疑虑。

这些年,在我们伟大民族的古老文明遭到揶揄,传统道德斥为敝屣的喧嚣中,对伤风流涕的母亲吝惜几分钱买阿司匹林,而专等死后花几千元办丧事者有之,启发诱导直至耳提面命患肝炎的父亲交出买药钱,赞助媳妇买冰箱者有之,想到自己也有被自然规律押上这种境地的一天,能不心有"预"悸!

寸草解春增缱绻,人间重爱愈温馨。盘中的茎茎寸草,居然越过人间的条条代沟,产生了如此效应,这效应体现的精神,又物化为女儿的行动,这行动又熨平了我心头的皱纹。我想,女儿所为,不是下意识模仿,而是一种心迹的延伸,一种力量的外射,中华民族固有道德中正确美好的东西,虽迭经消磨,而终未泯灭,从女儿——不!从下一代身上表现出来的这样那样的精神效应中,就可看出。而我们这个傲立于世界民族之林的文明之邦,今后将愈臻文明。

1988 年冬

教师节絮语

金风送爽，更送来了第 12 个教师节。广大教师，广大知识分子，广大关注国家命运、民族未来的有识之士，面对这个节日，精神更是为之一爽。

这是一个具有鲜明时代印记的节日，在共和国历史上，它既标志着一个认为知识越多越反动，因而视知识如粪土、视知识分子若敝屣的时代的最终结束，同时也标志着一个尊重知识、尊重人才、科技兴国、教育为本的新时期的正式开始。

建立这个节日的影响所及，远远超出了教师范围，它的那种鼓舞人心、振奋精神的思想力量，对于整个知识界，不啻春雷惊蛰。20 世纪 80 年代后期教育、科技、文化各条战线的累累成果，进入 90 年代后以全民文化水平、国家科技水平为标志的民族素质和综合国力的空前提高，已是举世瞩目的事实。现代教育理论响亮提出，今天的教育，是明天科学的发展与后天的工业水平，这一论点已被我国十年来的伟大实践和辉煌成果所印证。

同时，也应看到，对待教育与教师、知识与知识分子在态度上的根本性转变，作为一种政府行为，是令行禁止，

旗帜鲜明的；而作为一种个人行为，期望定于一尊，确实难矣哉！科教兴国思想，教育为本思想，尊师重教思想，时至今日，在很多人的心田，并没有植根。要铲除传统观念和习惯势力，绝非易事。这是一个受制于自身思想修养和文化素养的认识问题。在当前方兴未艾的市场经济的裹挟和商品大潮的冲击下，人们对教师的看法，毕业生对师范院校的看法，师范生对教师这个"最令人羡慕的职业"的看法，教师自己对教师这个职业的看法，既有主观上的有待矫正的偏颇之处，也有客观上的造成心理失衡的干扰和诱惑。我们国家最高权力机关以立法形式建立教师节的初衷，似乎受到了世俗价值取向的挑战。虽然，我们知道，挑战者必然会因失道寡助而败北，但在这场持久战中，教师，教育，毕竟要付出很多代价。教师队伍的流失，某些在岗教师的跳槽倾向和低落情绪，以及这种情绪给教育事业带来的负面影响，即是这代价的荦荦大端。

人民群众要求贯彻执行《教师法》，认真落实"总则"第四条，为"改善教师的工作条件和生活条件，保障教师的合法权益"办实事，讲实效，是理所当然的，表现出对广大教师的关心和尊重。

另一方面，作为人民教师，作为人类灵魂工程师，作为学生敬礼、家长欠身的对象，你尊严的师道，崇高的威信，完美的人格，主要来自你对国家强弱、民族兴衰的强烈的政治责任感，献身四化、振兴中华的庄严使命感，"得天下英才而教育之"的幸福感，有这样的思想基础，即使工作暂时不顺心，也应不忍面对知识饥饿的青少年敷衍塞责或弃之不顾。何况，工作、生活条件总在不断改善。

说到这里，应该写一篇《老教师颂》，对广大离退休教师大力讴歌。在过去的岁月里，他们几十年如一日，往往三代同堂，以豆腐为佳肴，以买肉吃为对子女的许愿，以穿一件的确良衬衣为奢侈，以星期天不改作业为偷懒，以叫不出学生的姓名为失职。而且，其中很多人，以能这样生活和工作而不出问题，不被诬蔑为"臭老九"就已经受宠若惊、乐不可支了。就是这样一代"可怜巴巴"的教师，却培养了一代生龙活虎、大有作为的学生，这就是今天活跃在、支撑在各条战线上的中坚力量和业务骨干，包括现在的各级领导干部。值此佳节来临之际，让我们向老教师致以崇高的敬意，祝他们节日快乐，健康长寿。

1996 年 9 月

《世上只有妈妈好》的原声带

——简介一首唐诗，并以此献给母亲节

今年母亲节，我见一家鲜花店及时亮出这个广告：鲜花，献给伟大母亲的爱！我的老母已故近三年，对我来说，那鲜花已是敬献无主了。我只好从古老诗国的园地，采撷一朵奇葩，献给所有健在的和逝去的母亲。这就是唐代诗人孟郊为他母亲写的一首不朽之作《游子吟》，因为用的是篇幅无定的古体，所以只有六句：

慈母手中线，游子身上衣。

临行密密缝，意恐迟迟归。

谁言寸草心，报得三春晖。

诗人面对人类最伟大且又最普遍的母爱，是用他全部良心的精诚和艺术的灵窍，为这母爱找到了和生活的最佳契合点，即从母子依依惜别之时和母为子缝制行装之事，有力地切入并以此开篇，通过"密密缝"这个特定细节，顺理成章地揭示出母亲的心思——"儿行千里母担忧"呵！"意恐迟迟归"不仅浓缩了上述七字，而且加进了如元曲

1940 年代初，王益龄（右）与弟弟在武汉中山公园合影

中的"未登程先问归期"的一层意思。"慈母手中线"，正是拳拳慈母心的外延，是母亲此刻如波之翻涌如火之燎灼的感情世界的外露。这线，一如当年那根热乎乎的一头连着母体一头连着婴儿的脐带，如今它仍不改初衷，一头连着慈母心，一头连着儿子身，它是人间至坚至韧的剪不断、拽不乱的情丝。再说，这慈母心，这母爱，作为一种伟大而崇高的精神力量，总得有所附丽，有个着落，而游子身上衣，则正是由上述精神力量物化而成并附着于儿子身上的东西。至于这"衣"，既是就地取材的"手中线"缝制的产物，又绝不仅仅是信手拈来，这点似乎为专家所忽略。

笔者以为，这"衣"包含着隽永的意味。服饰文化告诉我们，衣裳的功能主要有：一、护体，使身体免受外界的伤害；二、保暖；三、美容，即包装。由此可见，母亲对儿子行装的精心缝制并密密加针，生动体现了：一、这紧裹游子身的衣裳，是昔日母亲紧搂儿子的双手的逻辑发展，表现了母亲对孑然一身浪迹天涯的儿子人身安全的关切，显示了母亲要求保护儿子的责任感，同时也是对儿子"一路平安"的殷切祝愿。二、当儿子在风雪严寒中奔波于异地他乡时，这衣裳，就成了来自母亲的看得见摸得着的温暖，它，有如融化冰山的太阳，吹绿大地的春风，本来，温暖就是对爱的直觉，是由皮肉到内心的全方位的感受。三、作为母亲，总希望儿子"混出个人样儿"，总希望儿子能充当一个较好的社会角色，高雅的风度需要楚楚的衣冠去匹配，因此，母亲精心缝制的不仅仅是护体保暖的衣裳，而且是对儿子包装的设计和对儿子品位的期望。总之，这首诗通过篇首对举而出的"线""衣"两个意象，经诗人对人间至情的诗意发掘，把博大、深沉、厚重、诚挚的母爱，举重若轻地娓娓道来，如此平常，如此具体，如此真实，如此亲切。最后两句通过非常形象而又反差巨大的比喻，表现了诗人对母亲的无限感激之情，传达了天下儿女的心声。

作者半生潦倒，一旦做官，就迫不及待地把母亲奉迎到自己身边，克尽人子之孝，并写了这首迎母之作。他的这一可贵孝行，却为自己留下了一首辉耀千秋诵之不绝的压卷之作，这是他始料不及的。

20世纪40年代初，王益龄（右）与母亲、弟弟在中山公园合影

　　封建统治者总是鼓吹以孝治天下，在我们民族的传统道德中，也把"孝亲""谨身节用以养父母"作为伦理规范中的荦荦大端。因此，自古以来，表现"孝亲"——通俗地说，是"世上只有妈妈好"——这一主题的文学作品不胜枚举，而这首出现在文学史中古时期的《游子吟》，笔者以为，当是成就卓越、屏蔽后世且无出其上的"慈母颂"。前几年出现的《世上只有妈妈好》，就其质量和流传的广度来说，恐怕是仅次于孟诗之作。因此，说《游子吟》是《世上只有妈妈好》的原声带，也不无道理。

　　愿天下人子都真诚地爱着自己的和别人的母亲！

1993 年秋

庆祝妇女节教院女学员演讲比赛
开场白（代笔）

妇女节，这个使我们的精神为之一振、生命为之一灿的节日，又在这烟花三月，和春天结伴而来！

现在，我们是以主人的身份，欢度自己的这个节日的。这一活动本身，就意味着我们现代意识的觉醒，使命感的增强，自豪感的升华，光荣感的飞跃！

人们常说，妇女顶着半边天。感谢这一公平的提法，把我们女性的社会地位，我们的人生价值，提到了一个本来就不该倾斜的天平上。

但是，在这个特定的时刻、特定的场合，是不是最好关闭一下我们这个"女儿国"的国门，窃窃议论一下，我们这半边天，和那半边天，如果放在价值的天平上，是不是倾斜得太厉害？

打开人类文明发展史，那么多的发现、发明、制作、创造，那么多的披荆斩棘、开基创业、闯关夺隘、旋乾转坤，那么多的经营、开拓、奋斗、拼搏，那么多的成绩、成功、战果、胜利，那么多的鲜花、绶带、奖章、荣耀，那么多的产权、版权、专利、证书，等等，为什么一反传统审美的对称原则，过于拥挤地集中在那半边天！

这种失去平衡的格局，轻慢了我们女性的自负，奚落了我们女性的骄矜，嘲弄了我们女性的自豪！

是我们的智力商数比他们差吗？科学已有否定的回答。

是那个不合理的旧社会、旧制度窒息了我们女性的天才，扼杀了我们女性的创造吗？是的！但是，在那旧社会、旧制度被埋葬四十多年后的今天，我们还能归咎于谁呢？

姐妹们，星移斗转，时过境迁，我们要像扔掉一只破袜子那样扔掉千百年来桎梏我们灵魂的陈腐传统观念和习惯势力；要像穿上一件最美的时装那样树立新观念、新意识，具备新思维、新眼光。摆脱身边鸡毛蒜皮的纠缠，摒弃心中恩恩怨怨的烦忧，开阔胸襟，放开眼界，勇于战胜自我，超越自我，敢于夺取胜利，走向辉煌！

何况，在我们的血液里，有李清照、黄道婆的聪明智慧，有秋瑾、冯婉贞的英雄侠气，有宋庆龄、何香凝的博大，有赵一曼、江竹筠的勇毅，我们应该毫无愧色地奋勇拼搏，毫无愧色地享受成果！伟大的革命先烈秋瑾，在 20 世纪初就发出了怒吼和倾诉："苦将侬，强派作蛾眉，殊未屑！身不得，男儿列，心却比，男儿烈！"我们，新中国新时代的女性就应该不让须眉，甚至还要压倒须眉。

有人说，在每个成功者的后面，都有一个牺牲者。让我们伟大的中华女儿都当成功者吧！叫他们——那半边天底下的子民——去当牺牲者吧！

让我们这半边天，从今夜起，繁星灿烂，到明朝，更是红霞万朵！

姐妹们，翱翔吧！在我们的半边天。

教院学员知识竞赛开场白

在这个知识爆炸的时代，在我们这个正需大量知识转化为建设中国特色社会主义的物质力量的国度，在我们这个接纳传授知识的教师来系统地学习知识，以便回去更好地传授知识的教育学院，在我们这个知识分子成堆而且以知识拨动价值规律杠杆的高等学府，举行这样一个知识竞赛，让参赛者凭着知识的入境签证，在知识王国找到自己应有的位置，这本身就是一个很有知识的明智之举！

英国哲学家培根，可能鲜为人知，但他的不朽名言——"知识就是力量"，却成为一面理性的旗帜，飘扬在全球上空。人类文明的进程越来越清晰地昭告世人，如果还有一些冥顽不化的人，凭匹夫之勇，想和知识物化的力量对抗，那么，知识对他的惩罚，将是事半功倍的。

当今世界，竞争与空气同在，挑战与日月并存。各个国家综合国力的竞赛，是经济、政治、军事的竞赛，归根结底，还是知识的竞赛。产业革命，明治维新，金元帝国的膨胀，四小龙的崛起，哪一样不是从知识的裂变中获取巨大的能量！

黑格尔说："无知者是不自由的，因为和他对立的是

一个陌生的世界。"列宁希望我们，要"用人类创造的全部知识财富来丰富自己的头脑"。我们生活在学校，难道不是幸运地掉进了知识的海洋！课堂上的专业知识，课堂外的百科知识，浩如烟海，取之不竭。书本，这个知识的载体，把我们引向了无限广阔的时间和空间。

电脑的神机妙算，火箭的穿云破雾，核聚变的排山倒海，超导体的瞬息千里，这都是知识之花结出的科技之果。还有金字塔的奥秘，万里长城的雄伟，陈胜吴广的呐喊，阿芙乐尔的炮声，那是历史留下的遗产。苏伊士运河的便捷，长江三峡的水力，西伯利亚的广袤，青藏高原的粗犷，那是地理捎来的信息。李白"床前明月光"的乡情，罗密欧朱丽叶的热恋，屈原"长太息以掩涕"的悲慨，曹禺笔下周朴园一家的乱七八糟，那是文学的熏陶。贝多芬交响乐的宏伟雄浑，聂耳进行曲的一往无前，西班牙小夜曲的潇洒缠绵，《二泉映月》的幽怨凄切，那是音乐刮起的醉人的清风。达·芬奇《蒙娜丽莎》的微笑，徐悲鸿骏马的雄姿，那是绘画给人的见面礼。存在和意识的先来后到，物质和精神的李代桃僵，那是哲学的缜密思考。对癌细胞策划和围歼，对艾滋病部署的跟踪，没有排异性的器官移植，经络系统治病机制的探索，那是医学向死神的扫荡。至于牙刷把、手提包和各色纽扣，那是高分子有机合成给你的小小礼物。而保温杯和自行车风行，不过是热学和力学的略施小计。"问渠那得清如许，为有源头活水来"，我们要贪婪地汲取知识，向未知的领域深层掘进，开采知识，让知识的源头活水滚滚而来，让知识使我们的人生走向辉煌，使我们的生活锦上添花，使我们的世界更加美好。

同学们，同志们，知识无处不在，知识丰富多彩，让我们贪婪地汲取知识，热情地拥抱知识，让两袖清风的我们，一个个都成为知识的百万富翁！

祝知识给参赛选手增辉！

小议《大宅门》

感谢央视一套把《大宅门》这样丰盛的满汉全席作为精美的艺术晚餐，送到了千家万户。说它丰盛，是因为它涵盖了文化学和历史学等领域，诸如时代风云、民俗风情、社会经纬、家庭纠葛这些人间万象；说它精美，是因为它把戏剧文学和影视艺术推上了一个新的台阶，在纯文学的建设中做了可贵的尝试，同时以其风格的独创性，让人们在浓酽的京华文明的情致和韵律中享受一次次痛快淋漓的精神桑拿浴。

虽然，该剧播放后引起了不少争论，但冠压群英的收视率却是一个不争的事实。它如此受欢迎，如果仅归因于炒作的结果，未免低估了21世纪观众的自主意识和鉴赏水平。因此，作品自身练就的艺术魅力，正是观众能耐住四十次持续疲劳却兴致不减，非但不减，而且当中央台首播告罄、地方台重播之时，《大宅门》依旧门庭若市的根本原因，我想在此试谈一下这个原因。

第一，整个故事以坚实的生活画卷为基础，又涂上一层淡淡的传奇色彩，碧波荡漾中，时有惊涛，虽曲折回环，但一气贯注，亦谐亦庄，亦俗亦雅。这一点就抓住了欣赏层次不高但"出勤率"最高的一般观众。

第二，题材的世俗化和风格化的向平民化倾斜，极大地拉近了它和普通观众的心理距离。别看是前朝故事，但观众并没有陌生感和隔膜感，剧中人的生活逻辑和人生轨迹与我们并无多大区别；别看那是个百年望族，是个钟鸣鼎食之家，但此剧无意渲染它的排场，烘托它的阔绰。还是跟我们熟悉的大多数家庭一样，生儿育女，干活营生，天伦乐趣，利害冲突，婆婆妈妈，磕磕碰碰。在文化市场上，它当然压倒了时下那些等而下之的功夫片、言情片。

第三，丰富多彩的内容，不仅使它游刃有余地给人以审美愉悦，而且给人提供了中国社会很多方面和层面的广博信息，甚至可以说，它的知识性，它的认识价值，它对历史的补充意义，很多电视剧难与媲美。片中的白府是彼时中国极具典型意义的社会细胞。它一介平民的祖先，凭着中国医药这个国粹，从社会底层崛起，先从经济，再从文化，继而从政治这三个领域步入了上流社会。它拥有基层的生活底蕴，又拥有上层的周旋手段，加之这个家族活动在那一个世纪之交的社会转型期，又碰上帝国列强的领土入侵和西方资本主义的思想介入，中国社会的这种蜕变又给这个家族的兴衰际遇平添了千载难逢的内容。所以，这不是一部普通意义的家庭片。

第四，剧中不论叙事或对话，有不少与观众的心灵沟通处和感情契合点，瘙了观众心头的痒，因而达到了共鸣和默契。比如，白家第一代掌门人白萌堂风范凛然，第二

代掌门人白文氏干练而大度,第三代掌门人白景琦尽管有不少长处,但掩盖不住玩世不恭的花花公子的本质,第四代"准掌门人"白敬业则是一个不齿于人的狗屎堆。观众不仅认同这种逻辑,而且备感亲切。比如,涂二爷和许先生带白敬业去安国办药材,身为仆人的两位老人克己奉公,而身为主子的白大少爷却嫖赌吃喝,仆人买的饭,大少爷不屑下咽弃之而去,仆人不忍丢弃分而食之。老少、主仆之间的这番表演,观众备感真切。

应该指出,本片的缺点或硬伤也不少,这里不能赘述。但有人批评白府勾结太监,白景琦玩弄女性,等等,因而否定本片。其实,这是因为看惯了天花乱坠的广告、涂脂抹粉的悼词和"为尊者讳"的古今名人传记片的结果,须知,百草厅绝非五好企业,白景琦远非优秀人物。本片只要你认知,不要你向他学习。如果要说它的导向,那就是民族气节。

贺年卡

且慢！容我洗净双手，再接过这千金不换的馈赠。

一见如故呵，——这花饰中掩映着的笑靥，这题词里闪烁着的眼神，这边框框得满当当的问候，这封套套得鼓囊囊的祝福。人间的多少柔情蜜意，生活的多少温馨甜美，都浓缩到这方寸之上。呵！这是心灵的一块自留地，感情的一处发射场，友谊的一片开发区。

不呵，不呵，有道是"层峦耸翠水连天，尽在尺幅宣纸间"。我双手举重若轻地捧着的，是一帧爱不忍释的纸片。这是那颗关不住的心偷越胸膈奔我而来的通行证，是那根欢蹦的弦跟我的弦和鸣的五线谱，是"天涯若比邻"的知己间合资筹建友好大厦的意向书。

这精诚，这挚爱，这情愫，这心迹，在这方寸大小的纸片上，构筑了一个春风骀荡、色彩暄妍的小小天地。看我手上，这红艳艳，是那心潮的溅落；这碧澄澄，是那青春的浸润；这白莹莹，是那人格的漂洗；这金灿灿，是那思想的抛光。

珍藏这远方鸿影，记住那锦心绣口，默祷但愿人长久，天涯共此时。

走进"他们仨"

——读《我们仨》

怀着无比的虔敬，读了杨绛先生的近著《我们仨》。如果说，她以前的《干校六记》把我们带到了30年前的偏远农村，陪着社科院的知识分子感受生活的无奈和生命的挣扎，那么，这本书则把我们请到了她曾经拥有的那个三口之家，使我们得以近观她、钱钟书先生及其独生女儿钱瑗组成的精神家园，感受他们仨的超人禀赋和深博学养，他们仨的自我奋斗和无私奉献，他们仨的与世无争和宠辱不惊，他们仨的清白自守和寂寞自甘。

作者是著名的翻译家和文学家，钱先生更是国学、比较文学已臻化境的大师级学者，名扬海内外。必须指出，作者绝不渲染辉煌，只是用最朴素的语言、最谦和恬淡的心态，简洁平实地随意叙说，叙说他们仨在60多年前的聚合，大半个世纪的颠簸和两年之间的迅速散失，叙说她这个20世纪的中国高知家庭在风雨飘摇中一再沦落一再重聚，在重聚中的天伦之乐，包括伉俪间从牛津到清华园到燕园的琴瑟和谐，还包括从单位的筒子楼到女儿曾住的学生宿舍到学部办公室他俩都能架床支灶安家落户且相濡以沫乐在其中的"游击生涯"。

"富贵不淫贫贱乐，男儿到此是豪雄。"并非男儿的杨先生的回忆当然难以完全规避那些不愉快的经历，但从简从淡点到为止，显示了这位学者的豁达和大度。是的，捧书开卷，一种崇高的道德修养，一种美好的人格魅力，一种至纯至善的心境，一种至真至淳的情愫，浑然汇成一股强大的思想冲击波，扑面而来。新中国成立前，钱先生辞谢了联合国教科文组织的职位，为的是"不受大棒驱使"；为了不与蒋介石握手，他不赴晚宴"趁早溜回"了家。1949年，"从来不唱爱国调"的他们不愿出国，"等待解放"。他俩先执教清华，又同调社科院，钱先生还兼任《毛选》和毛泽东诗词的翻译、定稿工作十几年。他在工作中"听从领导，同事间他能合作，不冒尖，不争先，肯帮忙"，这位学贯中西的专家本属外文所，因工作需要调到文学所，独立选注宋诗，又注唐诗，这都是必须"读书破万卷"的硬工程，他乐此不疲。他们有4个年头蜗居在"南北二墙各裂出一条大缝"本是办公室又做过储藏室的危房，这危房竟诞生了钱先生的惊世之作《管锥编》，以及杨先生的两卷八册西班牙文原著的中译本《堂吉诃德》。"我们只愿日常相守"，"各据一书桌，静静地读书工作"。他们仨各有出访任务，都"不愿再出国"。有多少名人，对物质财富蝇营狗苟，对名誉地位锱铢必较，可是他们仨却视若敝屣。

"何妨举世嫌迂阔，故有斯人慰寂寥。"天赐给老两口一位聪慧可人的小天使，4岁的钱瑗就会与爸爸争夺对妈

妈的发现权:"我一生出来就认识,你是长大了认识的。""文革"中,多亏已是"红卫兵"的女儿在门口贴了要和"牛鬼蛇神"的父母划清界限的大字报,回家却紧偎在父母身旁。杨先生至今还在品咂彼时彼刻女儿温暖袭人的紧偎,已为人师的钱瑗还在说"我跟老爸最'哥儿们'",杨先生至今还在品咂父女俩没老没少地打打闹闹给家庭带来的生趣。

然而祸不单行,钱先生 1994 年住院,钱女士 1995 年住院,1997 年钱女士病逝,享年近 60 岁,1998 年钱先生病逝。"我们三人就此失散了,就这么轻易地失散了……现在,只剩下我一人",呵!"孤光自照,肝肺皆冰雪",死者长已矣,愿杨先生珍重。至此,我禁不住要念涅克拉索夫的诗:"上帝呵,这样的人 / 如果不常差遣到世上 / 生活的田野 / 就会荒凉。"

"赋到沧桑句便工"

——岳飞的另一首《满江红》论析

在中华民族内部互相斗争和融合的漫长历史中，南宋时期可说是个罕见的"多事之秋"。金人咄咄逼人的进攻态势，不但催化了赵构—秦桧集团的投降勾当，也把深罹其掳掠烧杀之毒的人民逼上了自卫反击道路，于此同时，萧墙内的和战之争，也是刀光剑影。当时，朝中并不乏公开宣称"义不与桧等共戴天"（胡诠《戊午上高宗封事》）的忠臣良将，岳飞，就是杰出代表之一。

作为一代名将，岳飞在沙场上建立了足垂青史的战功，而且还在戎马倥偬中，自铸伟词，以特有的战斗气质，辉耀于古老的文学殿堂。《满江红·怒发冲冠》恐怕是中国文学史上传颂频率最高的名作之一。然而，另一首《满江红·登黄鹤楼有感》（以下简称《有感》)却鲜为人们所知，其词如下：

> 遥望中原，荒烟外，许多城郭。
> 想当年，花遮柳护，凤楼龙阁。
> 万岁山前珠翠绕，蓬壶殿里笙歌作。

到而今，铁骑满郊畿，风尘恶。

兵安在？膏锋锷；
民安在？填沟壑。
叹江山如故，千村寥落。
何日请缨提锐旅，一鞭直渡清河洛。
却归来，再续汉阳游，骑黄鹤。

　　这首词，在大学中文专业所用的中国古代文学作品（吴小如《知音少，弦断有谁听——说岳飞〈小重山〉》，载《古典诗词名篇鉴赏集》（文史知识编辑部编）。此文并未论析该词）的选本中，未见选入；而且，笔者除见吴小如先生在一篇论岳飞《小重山》词的文章中略为提及之外，尚未读到对此词的分析评论。

　　这首《有感》，写出了"以恢复为己任，不肯附和议"，因而"屡破金兵"（《宋史·岳飞传》）的岳飞，登临黄鹤楼后的所见所感。"登兹楼以四望兮，聊暇日以消忧"，他此时正处在和战之争的是非中心，一登上这座临江名楼。忧自难消，只会兴起"中流以北即天涯"的感喟。他再抬望眼，只见烽烟犹炽。一片荒凉，一种"黍离之悲"油然而生，因而更加激发了他请缨讨敌，以期"还我河山"的爱国豪情。这种思想倾向，和作者常被提到的其他作品，如《满江红·怒发冲冠》《小重山》《题安徽新淦萧寺壁》《送紫岩张先生北伐》《五岳祠盟记》等，都是基本一致的。

简言之，无非是抗金复国，尽忠朝廷。这是岳飞给人印象最为强烈的一贯思想。所作作品思想的一致性，正说明了作者世界观的明确性和坚定性，也说明了其世界观和创作观、审美观的统一。当然，所以如此，也是他本人的具体情况使然。他是职业军人，作品本来寥寥可数，早年也没写那些轻佻、艳冶、颓废的篇什，谈不上南渡前后文风的转变。恩格斯说，愤怒出诗人，是适用于岳飞的。他偶一写作，只是"情动于中而形于言"，把诗词当作"一种献给神圣目的的武器"，因而是一个血性男儿，为"精忠报国"而写的自勉自励的战斗之歌，当然不是刘勰所批评的"为文而造情"的"鬻声钓世"之作。

然而，像《有感》这样一篇作品，却一直受到冷落，"行而不远"，是不是不够公平？如果是由于在真伪问题上存疑的话，那么，脍炙人口的《满江红·怒发冲冠》因不见于岳珂所辑的《金陀粹编》而引起的"信任危机"，并不比这首《有感》小，何厚彼而薄此呢？

诚然，那首《满江红·怒发冲冠》正如唐圭璋先生所说，"气欲凌云，声可裂石"，"读之足以起顽振懦"（唐圭璋《唐宋词简释》〔上海古籍出版社〕），自是千古绝唱。但是，这首《有感》，跻身于同时代"浩歌弥激烈"的南宋前期豪放词中，我以为，不仅毫无愧色，而且有其卓尔不群的特点。

第一，它直接、正面地反映了那个动乱时代。

"诗是社会的产物。"作者写作此词的时代，正是国

土分裂，生灵涂炭，漫天烽火，遍地荒凉之时，这样一个悲剧的时代，使好多词人拍案而起，忘却"诗庄词媚"的界限，写出了不少慨叹时代风云、吟哦一腔忠愤的豪放词篇。这首《有感》，自然归于豪放一宗。然而，将上述那些——包括岳飞的《满江红·怒发冲冠》在内的——豪放词作，和这首《有感》加以比较，就应该发现，前者的表达方式比较单一，而后者却是多样化的。正是这种多样化的表达方式以及多方面的内容，才使这首词描绘了一幅广阔的时代画卷。

当时，豪放派名家的代表作，以及岳飞的《满江红·怒发冲冠》，或宣泄"壮志饥餐胡虏肉"的仇恨，或吐露"天意从来高难问"的怅惘，或表白"孤光自照，肝肺皆冰雪"的襟怀，或状写"醉里挑灯看剑"的孤愤，或抒发"倩何人、唤取红巾翠袖，揾英雄泪"的怨懑，总之，都是气壮山河的爱国词，披肝沥胆的抒情诗，真是"厉鬼不能夺其正，利剑不能折其刚"（闻一多《诗与批评》）。然而，在表达方式上，它们基本上是比较单一的抒情，正所谓"诗者，吟咏情性也"（谢榛《四溟诗话》）。因此，抒情主人公的自我形象，一般都是相当鲜明突出的。

《有感》则不同，除抒发了岳飞渴望请缨讨敌的战斗激情之外，还通过描写和叙述，直接、正面地反映了金人的进攻，是如何给国家带来一片荒凉寥落的劫后景象和险恶恐怖的政治气氛的。说它卓尔不群，还不在于写到了这种景象和气氛，而在于在这一首词中，安排这么大的比重，使用这么多的笔墨，调动这么多的艺术手段（诸如修辞上的对比、夸张、对偶、设问、反复），塑造这么鲜明悚动的艺术形象，来突现这种景象，加强这种气氛。"遥望中原，荒烟外，许多城郭"，这个开头就是从大处落笔，在一个广袤无际的背景下，托出了那个被"荒烟"紧锁的时代。"铁骑满郊畿，风尘恶"，京城地区竟如此兵燹遍野，全国风尘之险恶可怖，就自可想见了。"兵安在？膏锋锷；民安在？填沟壑"，把南宋军队的惨重牺牲，以及直接间接死于战乱的人民尸体狼藉的历史事实，一语道尽。下文的"千村寥落"则是对战乱后果的概括。至此，这首词从"当年""到而今"，从"城郭"到"千村"，从"郊畿"到"沟壑"，从"兵"到"民"，从"荒烟"到"风尘"，以不同的角度，在巨大的时空之中，全方位地反映了这场宋金战争是如何改变天地造化的既定格局，使无法估算的生命财产尽付劫灰的！词中通过直观的形象描写所反映出来的，难道不正是《宋史》南宋部分所记录的那个历尽沧桑的时代！

这种不吝笔墨对时代面貌的反映，我们曾在汉乐府中见到过，在建安诗歌中见到过，在《自京赴奉先县咏怀五百字》《三吏》《三别》中见到过，而在"别是一家"（严羽《沧浪诗话》）的词中，至少说，是所见不多的。即使是反映南宋爱国思潮的豪放派词作中，由于是直抒胸臆，于是它们在其作者主体审美意识的驱动下，也就不一定非要在词中进行描写或叙述，以便直接、正面地反映自己的时代不可。同是岳飞所作的《满江红·怒发冲冠》，通篇都是抒发的一位英雄"壮怀激烈"的爱国之情，至于对时代的正面反映，充其量也只能让我们从"八千里路云和月……靖康耻……臣子恨……饥餐胡虏肉……渴饮匈奴血"的字里行间，管窥时代风云，或者说，以这些有关的词句为中介，通过思维想象，去感知那个时代。同样地，在南宋前期其他的爱国词作中，除了也是"壮怀激烈"的抒情之外，极少直接、正面地反映时代的语句和内容。为了说明这一点，不妨将当时名家名作中凡以描述的方式反映那个动乱时代的语句，分别摘录如下："……故宫离黍。底事昆仑倾砥柱，九地黄流乱注？聚万落千村狐兔。"（张元干《贺新郎·送胡邦衡谪新州 》）"洙泗上，弦歌地，亦膻腥……"（张孝祥《六州歌头》）"起望衣冠神州路，白日销残战骨……南共北，正分裂。"（辛弃疾《贺新郎·用前韵赠金华杜叔高》）"正目断，关河路绝，……看试手，补天裂。"（辛弃疾《贺新郎·同父见和，再用前韵》）"落日塞尘起，胡骑猎清秋。汉家组练十万，列舰耸层楼。"（ 辛弃疾《 水调歌头·舟次扬州，和杨济翁、周显先韵》）"万里腥膻如许。"（陈亮《水调歌头·送章德茂大卿使虏》）"河洛腥膻无际。"（陈亮《念奴娇·登多景楼》）"旧江山浑是新愁"。（刘过《唐多令》）可以看出，如果仅从反映那个动乱时代的广度、深度和清晰度着眼的话，上述二张、辛、陈、刘诸公的作品，和岳飞的这首《有感》相比，显然是略逊一筹的。当然，上述诸公的那些词作，不是从这方面，而是从别的方面取得文学史上的不朽地位的。

不过，无论如何，对于南宋这样一个充满惊心动魄斗争和天翻地覆变化的时代，难道不应该在代表一个时代的最时兴的文学样式中得到直接、正面的反映吗！岳飞的这首《有感》，作了比同侪突出的反映，我想，是应予充分肯定的。

第二，它有着格外明朗的风格。这表现在以下三个方面：通俗的语言，恰当的用典，鲜明的形象。

话语平实，不事雕琢，真可谓"其辞脱口而出，无矫揉装束之态"（王国维《人间词话》）。如开篇的"遥望中原，荒烟外，许多城郭"，就是扑面而来的"清水出芙蓉"的第一印象，出语如斯，在八百多年后的今天读来，也还是明白如话。词中，其实也不乏峭拔凌厉之笔，绮丽典雅之语，然而需要诠释的并不多，这在当时即使是广为传诵的豪放派名篇中，也是难以做到的。须知，词坛巨擘如辛弃疾，也不免有艰深乃至晦涩的瑕疵。

在用"典"上，这首词既不汲汲于为用而用，又不回避用。所用两典，自然而恰当，好似信手拈来，其实是经过斟酌的。一个"请缨"，把讨敌的决心，缚敌的信心，以及自己作为"干城之具"的杀敌的主动性和强烈的使命感和盘托出。一个"骑黄鹤"，令读者不知其典亦可解，在浪漫的遐想中，"淡入"了一位凯旋者的惬意悠游，也关合了作者"骞翮思远翥"（陶渊明《杂诗〔其三〕》）的夙愿。这样的用典，真正做到了"能令事如已出，天然浑厚"（魏庆之《诗人玉屑》），显示了"平淡不流于

浅俗，奇古不邻于怪癖"（《王直方诗话》引贺铸语，见胡仔《苕溪渔隐丛话》）的艺术功力。

由于此词不像《满江红》（"怒发冲冠"）以及同时代的许多豪放词作那样几乎是通篇抒情，所以它通过描写而塑造的形象，不论是过去的帝王宫苑，还是眼前的劫后大地，那画面，那氛围，均能给人留下隽永的印象，这一点，和当时那些以抒情为主的作品普遍存在的感情慷慨有余、意象明朗不足的情况，恰成对比。

第三，它在艺术技巧上也是上乘的。

这首词善于用对比的手法，通过对过去回忆的插入，来反衬当时动乱的时代。"想当年"以下，叠用花、柳、龙、凤、珠翠、笙歌这样一些曲尽雍容华贵的辞藻，再配以"万岁山""蓬壶殿"这样的特定环境，墨浓彩重地描画了一幅北宋王朝宫禁的豪华气派和升平景象。"到而今"，是在上述插入的一阵反思之后，又回到荒凉的现实之中了。这种恍如隔世的对比，极尽赵宋王朝的沧桑之变。词就是这样，把读者的意念，领进了一个时间的王国，从而使它对时代的反映，具有历史的纵深感。

此词对于语言的驾驭是娴熟的，善于渲染环境，烘托气氛。比如，"凤楼龙阁"已属壮观，再加上"花遮柳护"，益臻富丽。不是繁花如屏，何以能"遮"；不是密柳如藩，何以能"护"？"诗应当以美妙的夸张夺人"，这诚然是夸张，然而用在对已经失去的帝王宫苑的回忆，而且，这里回忆的，是已拥有相当经济技术实力时代的一个腐化透顶的封建帝王的宫苑，无非是言其堆红叠翠而已，难道不是千真万确的艺术真实！又如，过片的四个三字句。一向是《满江红》这个词牌精警奇崛之处，而此词关于兵、民下落的设问设答，就问得突兀。答得骇人，寥寥十二个字中，还包括修辞上的反复所重复使用的字，可见"吟安"在这上面的字，是从"几千吨语言的矿藏"中提炼出来的。一个"膏"字，把血肉横飞的战场上抗金士兵惨重牺牲的事实，都浓缩在敌人染红碰钝的锋刃上。一个"填"字，更说明了这场民族战争逼着老百姓付出了多么高昂的代价！这里，不仅反映了历史，而且也流溢着这位以天下为己任的英雄，对这些牺牲者的爱抚怜恤之情，从而大大提高了词的思想意义和审美价值，这也应是岳飞赢得后人怀念的一个原因。

善于塑造光彩照人而又不矫揉造作的自我形象，以附丽自己执着报国的赤诚和灭此朝食的杀敌气概。前面一再提到，此词在同时代的豪放派词作中，是以直接、正面反映了时代而卓尔不群的，这是不是说，在抒情主人公自我形象的塑造上，此词就难以媲美呢？回答当然是否定的。"何日请缨提锐旅，一鞭直渡清河洛"，表现了作者大有"长缨果可请，上马不踌躇"（陆游《夜读兵书》）的勇气。虽然，劈头的"何日"以疑问语气出之，焦灼的揣测拌和着热切的企盼，暗示了请缨之念和最高统治者的投降政策正相抵牾，蕴含着料难遂愿的隐痛。但是，一写到领兵讨敌，便壮思飞扬。气度超逸，克敌制胜的无限自信，已从定语"锐"中毕现端倪。特别是一个动词"提"字，

出手不凡。行文到这个千钧之重的去处，竟出人意表地轻松一"提"，真是片言居要，"尽得风流"，凸现了一位英武卓绝的统帅，率领问罪之师，纵横寰宇的雄姿和气魄。下文"一鞭"更补写了他扬鞭直指，将士马首是瞻的特写镜头。这一联确实"唤起一篇精神，非笔力拨山，不至于此"（杨万里《诚斋诗话》）。

总之，这首词不论就其反映现实的广度，还是透视生活的力度，不论就其炼字炼句，还是渲染烘托，不论就其纵深地反映历史，还是塑造自我形象，都有着不该受到冷落的成就在。

岳飞远不是以词人的身份垂名后世的，所以能有这样的成就，赵翼的话可借来解答："以宗社邱墟之感，发为慷慨悲歌，有不求而自工者，此固地为之也，时为之也。"（赵翼《瓯北诗话》）这一正确解答，用他自己的诗来概括，就是"国家不幸诗家幸，赋到沧桑句便工"（赵翼《题元遗山集》）。如前所述，作者在这首《有感》中，直接、正面地反映了他的国家、他的时代所经历的沧桑之变，以及自己在这历史变迁的阵痛中，所显现出来的悲慨国事而又骁勇善战的英雄形象。可能是"写人情之难言，盖愈穷则愈工"（欧阳修《梅圣俞诗集序》）的缘故吧，艰危的时势，痛切的感受，又使词句易臻精工，从而使词的主题，从艺术上得到强化。

一位老党员的"私房话"

《春深老树着花艳——赵凯军诗选》出版了，出版在中华人民共和国七十华诞之际。作者从 1971 年前作为解放军大军的一员，南下至许昌被安排从事新生的地方政权工作之时，直到 2015 年病故，在近 70 年的许昌市党政机关的革命熔炉中，不仅练就了他这位备受称誉的中层领导干部，同时也练就了他这位既接地气又有才气的业余诗人。因此，这本《诗选》虽然厚度有限，但我们愈往下读愈感到它分量厚重，七十年峥嵘岁月的积淀，半个中国山川风物的浓缩，生活空间的沧桑，心路历程的递进，言有尽而意无穷；这本《诗选》虽然装帧朴素，但我们愈往下读愈感到它华彩纷呈，多彩的自然，多姿的社会，多样的情怀，借作者的生花妙笔，写进了锦绣诗篇。

赵凯军同志几十年如一日的兢兢业业工作之余，有着广泛的兴趣爱好，勤于学习提高，尤其钟情于诗歌，不少读诗，不少背诗，不少写诗，不少发诗，粗算下来，竟给我们留下了上千首诗歌。

"诗言志"。他的诗，视野广阔，因而题材多样，挖掘深邃，因而意味隽永。辛词有一句曰"老来情味减"，

我看他的诗，愈到后来感情愈丰沛，在移情于事、寓情于景、寄情于梦、纵情于乐的抒写中，其品评向背、爱恨情仇，皆泾渭判然，足以洞见作者的思想境界和人格力量，也足以展现作者的人文修养和审美趣味。文如其人，诗如其人，吟味他的诗，就会感悟到，叙述、描写、议论的对象，即使与他毫不相干，也都是他身心全部高度投入的产物。总之，透过字词韵律这些诗歌的外在形式，诗人——抒情主人公的自我形象都赫然在其中。

这次有缘捧读他的全部诗选，使我对这位老人的认识由朦胧到清晰，由平面到立体。是他的诗引导着读者走向他的内心世界，不同主题、不同题材、不同风格的诗作，构建了一个让人眼睛为之一亮的高雅脱俗且丰富多彩的精神王国。游历这个王国之后，我可以将对她的认识归纳为三点：一、他是一个忠诚于党的事业、从不考虑个人得失的人民公仆；二、他是一位热爱生活、热爱自然的革命干部；三、他是一位有情有义、有德有才的业余诗人。

作为一名在 20 世纪 30 年代晋察冀边区摔打、在抗日军政学校接受教育、1948 年随军南下的老干部，久经血与火的淬炼，不考虑个人得失，服从党的需要，无限忠诚党的事业。这是一个革命干部应有的基本素质，也是他们安身立命的底线。赵凯军同志有这个底线处世做人，他的诗作也必然是这个底线的诗化表现，在工作单位是如此，关着家门的家常絮语依然如此，听他写的《孙辈记言》：

遗嘱孙辈遵我意，所学应为国争气。

官通图谋非我愿，媚俗趋时乃家弃。

珍惜分秒韶华灿，汗水流淌芳自溢，

涓涓细流水澄清，何畏人生荆与棘。

这是以自己的价值取向为指导，通过自己七八十年的人生实践现身说法，来谆谆告诫自己的儿孙的至诚至善至真至切的肺腑之言，所学所操首先要为国着想，别计较个人得失，别媚俗，别向上爬，别好逸恶劳，别虚度年华。值得一提的是，这首诗不是公开发表的那一类表态性质的作品，毫无功利目的，绝无沽名钓誉之嫌，而是"不足为外人道也"的"床前训子"一类的"家教"文字，如此有公无私，如此"表里俱澄澈"，我敢说，好多名人也难做到。就这样，一位真正共产党员，一位永远垂范后世的爷爷，就矗立在我们面前了。

我国古代进步的思想家，强调"修身、齐家、治国、平天下"，强调"慎独"，强调表里如一，强调肝胆相照，鄙夷哗众取宠，怒斥口蜜腹剑。今天，党的思想政治教育更强调言行一致，光明正大，反对两面派，并把这些作为对党员的最起码的要求以及党员修养的底线。

赵凯军同志在革命队伍里奉献了一生，借着秘书工作的职业习惯，他也用真挚热情的诗笔抒写、记录了一生的心迹、行迹与无愧于党和人民的业绩。他本人的战斗生涯，与我们的共和国历史，两者的起止时间和历史跨度，正好

大致重合，因此，这本《诗选》连同作者的生命，都献给了新中国，作为对她七十华诞的厚礼，这份千载难逢、万人瞩目的殊荣正好不偏不倚地降临到他的头上，这是天意。从此，张凯军这位老革命当含笑九泉，他的子女当得到慰藉，她的战友和同事当得到珍贵的纪念品，从中获取精神滋养和艺术享受。

为赵凯军的《诗选》写序言已成往事，但他的这首《孙辈记言》让我至今还时时念起，因为它最能体现一位优秀党员的党性、一位革命前辈的境界和一位世纪老人的人格风范。于是又结合那篇序言，写了这篇文章，重申对他的敬意。

2019 年 11 月

《范功书法汇报展》前言

一个囊中羞涩的年轻人，落落大方地亮出一笔可观的精神财富；一个去年还在为取得一张课桌的使用权而窘于筹措的学子，今年却在这张课桌上抛出了几宗知识产权问题。生活中的这种逆转，现实中的这种飞跃，都借这些娴熟的笔道和精美的线条，定位在这个展览会的特定时空中。

与其说，这里展示了一个人独有的辉煌，毋宁说，这里展示了所有人都可能拥有的一种理性的逻辑——由奋斗导致成功的逻辑。

这逻辑本身是干瘪枯燥的，但由它所物化的事业，却是气象万千、生动感人的，不然，你怎么会莅临这个地方呢？

感谢你！忙里偷闲，到这里来充当一刻观众，那么，你就勒住视线的缰绳，耐心看看吧！看看这真草隶篆的龙形凤姿中，我们民族古老文化的鲜活生机；看看这软笔硬笔的双管齐下中，传统和现代的和衷共济；看看这书画同堂的相映成趣中，姊妹艺术的各领风骚；看看这浸润在字里行间中的苦学者的汗渍，遗落在彩光画影里的攀登者的足迹；还有，还有这闪烁在白纸上的子夜的灯光，凝结在水墨中的探索的眼神……

2009 年王益龄与范功在四川美术学院合影

　　当你耐心观看后，一句赞许轻松道出时，你可知道？为你这点感情的施舍，作者向客观环境和主观条件作了多少固执的乞求。他，这个来自穷山沟，紧握着传统文化的接力棒，立志为国家创造好成绩的青年，是在捡拾别人随手扔掉的时间的边角废料，运腕挥毫，临帖学书的，是挪用伙食预算中购买蛋白质的款项去购买宣纸的；是在让自己的服饰拒绝了艺术之后开始筹建今天这座艺术殿堂的；是以顽强拼搏的精神来营造这幢精神大厦的。这就是为什么这些展品瑕疵昭然、底气不足而使人们倍感亲切并觉得弥足珍贵的原因。

　　这场"范功书法汇报展"，由学院教务处、团委、学生会联袂主办，在仓促的筹办过程中，书法老师以及其他好几位老师，热情支持并不吝指导，特别是美术班甚至还有物理班的好几位同窗好友，他们被真挚的友谊，——不仅如此，还被对民族传统文化的执着热爱所驱使，废寝忘食地鼎力相助，为这次汇报展的顺利展出作出了宝贵的贡献。

这次共展出软硬笔书法作品约 80 余幅，还有绘画作品约 10 幅，都是范功日积月累、反复砥砺的心血之作，趁此机会一并展出，既向领导、老师汇报，又向所有师友求教，以待提高。

1996 年 5 月 26 日 许昌教育学院

中文系学生《写作园地》发刊辞

我们，集合在文学殿堂门前的朝觐者，至今还庆幸自己报考中文专业的正确选择。入学以来，徜徉于绮丽的文苑，潜泅于浩瀚的艺海，诗国悠游，词林漫步，蒙古今语言大师的熏沐，受人类文学典籍的陶冶，朝于斯，夕于斯，耳濡目染，其乐无涯。

"学而时习之"，"实践出真知"，我们既已含英咀华，则欲舞文弄墨，向往于出口成章，希冀于落笔成文，憧憬着与缪斯良缘永结。莘莘学子，拳拳此心。果然，我们同挥笔墨，共沥肝胆，结词撰句，言志抒怀，于是，《写作园地》作为中文班学员自己练笔的园地，也作为写作课堂的延伸，终于应运而生了。

尺幅地窄，况乃耕耘伊始，方寸情笃，犹恐笔不尽意。好在初衷已定，自是乐此不疲。唯其如此，方不负老师的厚爱，也为活跃我院的文化生活，克尽绵薄之力。

学力所囿，瑕疵自多。虽然不免自珍，亦知究为敝帚，敬请指教，以待提高。

1990 年 12 月于中文系

诗歌

七律·寄母

我参加工作后寄回的第一封家书中，另纸写下此诗。

服从分配暂离分，且释绵绵骨肉情。

自是愚儿知饱饿，岂需慈母念寒温。

皮中务使青痕①褪，头上谨防白发增。

春节归来欢聚日，莫将衰老伤儿心。

1959 年秋

参加工作后的王益龄

---

①青痕，母亲时常皮下出血，皮下留青块。

七绝·重读《聊斋》

莫道妖氛扑面来，至情至理在《聊斋》。

始知人世劣顽种，怎比冥间鬼魅胎。

忆江南·华佗墓

断碑在，四季皆芳菲。谁谓死神长踞此，

分明生命焕清辉，济世令名垂。

七律·受禅台

曹丕曾在此台接受汉献帝的禅让，从而完成一次兵不
血刃、人不殒命之汉魏和平易代，实乃千古佳话。

曾是祥云笼瑞霭，万方欢庆向高台。

不凭铁血摧老朽，全仗恩威聚俊才。

换代只闻钟磬奏，改朝何必弩弓开。

谁登谁废由他闹，黎庶只求活下来。

2003 年

七绝·长葛古柏（两首）

长葛老城外有古柏23株，为汉代所植，至今已约2100年，仍森然耸立，前往观瞻者甚众。

一

历尽沧桑始到今，二千一百圈年轮。

社稷多少盛衰事，枝枝叶叶觑得真。

二

雷劈风撕犹劲健，棵棵笑傲对中原。

如梭逐鹿如梭去，奇干苍颜仍耸然。

水调歌头 · 凭吊三苏墓、咏三苏

河南郏县有三苏（苏洵、苏轼、苏辙）墓，常有人凭吊。

秀水灵山地，星宿陨其间。
唐宋八家盛誉，一门荟萃三。
《六国》老泉一论，顿令开封纸贵，睿语震沉酣。
小苏性澹泊，秀杰亦难掩。

洵老辣，辙疏宕，轼斑斓。
东坡神笔，淡妆浓抹总如椽。
文似行云流水，诗若挥珠洒玉，词益创新端，
一洗香泽腻，豪放振吟坛。

忆江南 · 植树

植树好，一树一丛春。且把春苗栽入土，
来年洒下万层荫。翡翠留儿孙。

七律·洛阳牡丹

谁能揽尽好春光，叠翠堆红在洛阳。
花圃盈盈炫目色，街头冉冉扑鼻香。
芳姿富丽诗情溢，倩影雍容画意长。
当代奇葩胜九代，游人能不费奔忙。

1984 年 4 月

七绝·电影《杨贵妃》观后

驿路抛尸自可怜，
那堪荒野葬娇妍。
念及兄妹恃裙带，
千古难消伊罪愆。

七绝·怀念马寅初

身后诤言成国策，当年肝胆付尘埃。
叹翁枉比南山寿，生不逢时究可哀。
抗旨居然不认输，神州独有马寅初。
心忧国计身何忌？多少衣冠愧不如。

临江仙·抗洪英雄赞

谁把天穹戳弄破？厄尔尼诺逞狂。恶风苦雨困南方。
柜橱湿漉漉，街道水茫茫。

赖有军民充砥柱，筑成人堰人墙。水中多少好儿郎！
果真天塌下，自有英雄扛！

临江仙·黄鹤楼

　　黄鹤楼重建甫成，携妻、女欣然登览，大饱眼福，大快此心。

　　举世频频投望眼，喜迎逝鹤回归①。飞檐画栋沐晴晖。琼楼镶市镇，玉宇嵌翠微②。

　　水态山容臻胜状③,锦文绣画交辉。诗廊画壁任萦回。五湖夸典雅，四海仰崔巍。

1986 年

----

①崔颢："黄鹤一去不复返"。

②翠微：青绿的山色，楼建在武昌蛇山上。

③胜状：宏大的气势，万千气象。

满江红·读书感赋

今日得闲，想起那些诸如《阿房宫赋》《长恨歌》《泊秦淮》《题临安邸》之类的作品，不胜感慨。

族秦者秦，枉建了阿房宫阙。秦淮畔，六朝粉堕，后庭曲咽。舞袖搅残唐帝梦，霓裳葬却马嵬穴。暖风熏，吹醉宋君臣，隳祖业。

古今事，盈泪血；兴亡史，杂风月。钗光鬓影里，皇冠屡跌。岂有王朝善始末，似无君主拒财色。一掌权，鸡犬皆升天，寻自灭。

1989 年暑期

浪淘沙·鄢陵花博会

一片绿海洋，秋里春光。娇红艳紫满庭芳。最爱梅花盆景俏，仪态万方。

花会美名扬，情溢花乡。熙来攘往为花忙。一日赏花三日醉，梦也留香。

七律 · "如意尊" 主题辞

飞彩流霞舞碧空，原来一色水天同。

神州争睹神垕宝，窑变端凭窑火功。

款款姿容存宋韵，煌煌仪态裹唐风。

芳名如意充君伴，恭颂年年如意中。

许昌市举办的一次有关三国文化的学术活动中，曾邀请王立平、易中天两位专家与会，并专门烧制了两件钧瓷"如意尊"分别赠送王、易两位专家留作纪念，还安排创作一首旧体诗，与尊一同送出。《许昌日报》将作诗任务给了我，后报纸刊发。

七律 · 观义务献血志感

花花朵朵蕊茸茸，款款登车寻蜜蜂。

只见开怀舒玉臂，复疑倾囊盛醇口。

休言酒热心犹热，原是血浓情更浓。

但愿百花皆劲艳，何惜身上一抹红！

浮生三记

蝶恋花·记婚

翠袖红巾来恨晚，
顾盼可心，
相许终生伴。
妻在小学教语算，
夫乃大学劳改犯。
窗配布帘床配板，
斗室洞天，
顿觉春色满。
枕上呢喃如许软，
帐中氤氲一何暖。

1972 年

王益龄与妻子

打油诗·记趣

加罢弱冠加右冠，评了部奖评党员[①]。
已惯长夜当春过，惊逢九九艳阳天。

1993 年

1996 年作者荣获省优秀共产党员称号，在许昌市委礼堂发言

---

①指教育部所设曾宪梓奖、河南省委表彰的优秀党员。

七律·记乐

盘点浮生说不够，酸甜苦辣剩甜头。

几回婉拒阎王聘，屡次恩蒙上帝周。

沐浴祥和人有梦，沉酣情爱我无忧。

夕阳既比朝阳好，人生何妨久驻留。

2013 年

美丽的许昌欢迎你

"喜鹊鹊喳喳叫，
定有贵客到"。
听吧，
街头的绿树，
　　又是一片鸟雀争鸣；
看吧，
我们的贵宾席上
　　客人如期光临。
难道说
　　这是偶然巧合？
不呵，
这是现代理念
　　必然的结论。
因为，
我们欢迎的
　　是春天的使者，
他们专要造访
　　绿树成荫的去处，

鸟语花香的环境；
我们欢迎的
　　是文化的使者，
他们专要考查
　　何处荟萃了人文资源，
　　何处保留了古代遗存；
我们欢迎的
　　是文明的使者，
他们专要调研
　　哪里硬件设施完备，
　　哪里社情民风醇正；
我们欢迎的
　　是友谊的使者，
他们专要体验
　　是否做到"有朋自远方来
　　不亦乐乎"？
　　是否认同"海内存知己，
　　天涯若比邻"？
　　是啊，
　　"喜鹊叫，客人到"
它不是
　　无可验证的吉兆，
它已成为现代旅游业的
　　一个黄金标准。

不是吗——

我们的清潩河游园

从鲜花上掠过的鸟鸣，

招引着市民

　　去欣赏繁花夹岸的妩媚，

　　去品味花径闲步的情韵；

我们的鄢陵花博园

从万顷树海上飘过的鸟鸣，

招引着八方客商纷纷洽购花木，

招引着广大市民

　　到这个绿色世界，

　　　　吸取花草的清芬；

我们的襄城紫云山

从翠竹红槲中滑出的鸟鸣，

招引着寻幽访古的人们

　　去见识完好的天然植被，

　　去领略古老书院的气氛；

我们的禹州森林植物园

从名花佳木上逸出的鸟鸣，

招引着热爱自然的游人

　　了解植物王国的雍容大观，

　　品咂天人合一的理想佳境；

我们的长葛古汉柏

从老干秃枝上传出的鸟鸣，

把公元前就开始的故事

　　一直讲到 21 世纪黎明。

是啊,

4000 年前,

　"中华第一国"的"华夏第一都"

　　　就在我们禹州

　　　　　光荣诞生。

三国时期

在席卷大地的历史风暴里,

　　许昌雄踞中心。

"闻说三国事,每欲到许昌",

郭沫若妙语道出了

　　中国人和东亚人的心声。

春秋楼遗迹昭然,

关羽夜读《春秋》的佳话

　　深入人心;

灞陵桥下流水不腐,

把古老的忠义文化

　　演绎得虎虎传神;

受禅台上

　　曾演出汉魏易代的话剧,

已为我们树立了一个

　　和平统一国家的成功典型;

华佗墓

昭示了中华科技的一段荣耀，

留住了一位杰出的生命之神。

"人杰地灵"啊，

这里诞生了

    楷书鼻祖钟繇、画圣吴道子；

"物华天宝"啊，

这里有远播世界的钧瓷文化，

这里有享誉北国的"花都"鄢陵。

"中原中心"的区位优势，

积淀深厚的历史文化优势，

早就把人们深深吸引；

丰富多彩的自然生态，

日益完美的现代景观，

为发展旅游平添后劲。

创建中国优秀旅游城

    是全市人民毫不动摇的决心！

灞陵桥头跃马远眺的关公石雕

    看得分明，

袖手旁观的文峰高塔

    可以作证，

脏乱的旧城区次第消失，

现代建筑如雨后春笋。

清潩河两岸

多少干部和各界群众

曾投入热火朝天的土方工程，
使千亩游园
　　成为一道纵贯古城的亮丽风景，
市中心平房区多少户主
　　忍痛离开世居几代的家园，
让现代化的春秋广场
　　成为市民驻足流连的
　　精致的园林，
园中被保留的那棵古槐
　　是个可贵的标志，
标志着许昌今昔巨变，
标志着许昌市民为振兴城市
　　献出的一片赤诚。
啊，
群策群力做奉献，换来古都气象新。
如今，
许昌的天
　　越来越蓝，
许昌的水
　　越来越清，
硬件软件渐完备，
一片锦绣迎客人。
欢迎你啊，

多年阔别的他乡游子；

欢迎你啊，

蜗居都市的"蓝领""白领"；

欢迎你啊，

所有光临的客人！

要浏览花草树木的大千世界，

请看我们的中原花木博览；

要享受不计量的"氧吧"，

请去我们的 36 万亩平原森林；

要见识"出窑万彩"的钧瓷魅力，

请去我们的"钧都"神垕；

要考察独一无二的墓葬地宫，

请去我们的龙虎山周定王陵。

我们还有千亩樱桃、十里桃花，

我们还有近 40 公里 311 绿色长城……

许昌市民热情好客，许昌市容建设一新，

欢迎，欢迎啊！

欢迎光临的

所有客人！

感谢您，老师

把生活的华彩，
泼洒给洁白的画纸；
把人生的真谛，
掺和进柔弱的小诗；
把高尚的灵魂，
组装给年轻的躯体；
把丰厚的成熟，
配发给可爱的幼稚。
呵！
您的心血，
借粉笔化作无尽的知识；
您的精神，
借教鞭幻作文明的旗帜。
您红烛自烧，
熔化了昏昏蒙昧；
您人梯自架，
托起了莘莘学子。
呵！老师，

感谢您春蚕意重，
感谢您赤子情痴。
莫道桃李不言，
我们寸心自知。
在这理性回归的世界，
处处矗立着您的价值。
呵，感谢您，
亲爱的老师。

炊事员

当你顶着晨星跨进厨房，
人们还在深深地酣睡，
你朝朝走在我们前面呵，
跨进每个新工作日的门扉。

你用心里的一团火，
点燃了炉中的煤，
再用煤火的红光，
引来天边的朝晖。

柴米油盐呀细安排，
咸淡酸辣呀巧调配，
一把锅铲一把勺呵，
给人间增添了多少滋味。

一大碗一大碗盛不完你的情意，
一小盘一小盘都堆满你的智慧，
你把对社会主义的深情呵，

都融进了那滚热的汤汤水水。

灶台边的每次挥臂，
案板前的每次皱眉，
都是为了用平凡的劳动呵，
使我们的生活更甜更美。

许昌烈士陵园

清明节前夕，校团委邀我写一首歌颂烈士陵的朗诵诗。

面积只这小小的一块，
却有成行的翠柏笼盖，
分明不是什么花园，
却有花儿四季不败。

多少人踏着沉重的步子，
怀着虔敬纷纷走来；
多少人迈着坚定的步伐，
带着决心又缓缓离开。

多少人在这里放声恸哭，
多少人在这里默默致哀，
多少人在这里高举右手呵，
革命的誓言响彻天外。

呵，这是一个最好的课堂，

每一课都是用鲜血记载，
从这里学到的每个真理，
哪一样不是用生命换来；

别忘记这些太短太短的生命，
它是所有生命永远永远的表率，
打下这铺红叠翠的无边大地，
自己却甘于地下的一角长埋。

在我们处处欢歌的人间，
这里诚然是僻静的所在，
可是在社会主义的长征路上，
它却是个不应缺少的站台。

一块墓碑就是一个路标，
标志着共和国闯过的年代，
停一停吧，整装上路的年轻人，
这会告诉你如何继往开来。

1964 年 4 月

晁错墓碑解读

往事
在时间中
漫灭，
漫灭不了的
是这块墓碑。

碑文
在时间中
模糊
模糊不了的
是四个字——
"晁错没错"

影片《西哈努克亲王访问 我国南方》观后

锦绣江南又披红挂彩，
把一个英雄国度的元首接待；
南国姑娘更翩翩起舞呵，
喜迎一位反美战友的到来。

只因你们的花圃被强盗破坏，
我们的鲜花才为你盛开，
要问你们的斗争有多少后盾，
请看这夹道欢呼的人山人海。

1971 年秋

祖国今年更加美好

——献给祖国三十大庆

打从那个金秋十月，春风乍起，
吹皱了中南海，更吹绿了大地。
百花园，从冬眠中苏醒才三年呵，
就关不住姹紫嫣红，满园春意。

回首十年大庆，还幽游着反"右"的余悸，
二十年大庆，还受着史无前例的冲击，
三十年大庆，您，您才焕发青春呵，
我们的共和国呵，您真是"三十而立"！

历史，终竟嘲讽了那荒唐的梦呓，
不然，神州沃野哪有而今这一派生机！
东方式文艺复兴，没想到终于出现呵，
一出现，就如此蝶翻蜂舞，燕语莺啼。

喑哑的歌喉，又唱出生活的真谛，

蜷缩的舞袖，又飘起斑斓的虹霓，

结网的画板，又染上朝霞的色彩，

尘封的稿纸，又写满滚烫的诗句……

祖国，对您伟大的三十年我们心潮横溢，

更对您这倍加美好的三年爱彻心脾，

多少燃烧的激情、赤诚的心要献给您呵，

且先收下吧，收下这册获奖作品选辑 ①。

烟城名都，毗连着繁忙的车间和丰收的田地，

灞陵古桥，沟通了光明的今天和悠久的往昔，

文峰塔，让作者纵览了眼底的中州锦绣，

小西湖，让作者饱蘸了手中的生花妙笔。

这里有新时期愚公移山的英雄集体，

这里有新长征攻关越险的烈马旌旗，

这里有风晨雨夕人妖间的横眉怒目，

这里有花前月下情侣间的细语呢喃。

每段文字，岂不是您晴雨表上的一个标记，

每幅画面，岂不是您心电图上的一个痕迹，

---

① 此乃应邀为许昌市庆祝新中国成立三十周年"征文获奖作品选"一书撰写的诗序。

每个诗行，岂不是长征进行曲的一个音符，
每个情节，岂不是四化创业史的一个实例！

这册子，讴歌了您——"中华的崛起"，
正赶上您由穷白到富强的重点转移。
在百花园，这只是一朵初开的蓓蕾呵，
捧出来，也算是对您三十大庆的献礼！

1979 年 9 月

把一切都献给世上

——荷赞

谁不夸你天生丽质，
谁不爱你高雅馨香。
谁不赞美你呵，
安于穷乡僻壤，
甘于野水泥塘。

你托着荷叶的圆盘，
　盛满春天的翠绿，
　　　把水灵灵的青春高扬；
你举着荷花的火炬，
　聚焦夏天的艳阳，
　　　把火辣辣的理想绽放；
你吹着莲蓬的喇叭，
　应和秋风的韵律，
　　　把丰收的金曲奏响；
你藏着鲜藕的白玉，

笑对冬天的冰霜，
　把脆生生的佳肴分享。

你在风中招手，
你在月下吟唱，
那是在重申对人间的承诺，
　把一切都献给世上。

裂　缝

报载，著名音乐教育家萧友梅临终前叮嘱教务主任："考钢琴的教室，钢琴边的板壁有几条裂缝，北风会钻进来，吹着学生的手，一定要用厚纸把这几条缝封住。"

没有豪壮的语言，为死营造庄重的气氛，
您生命的终了曲，也找不到一个装饰音，
放得下家庭，却放不下学生的手，
他人的温暖，牵系着一颗就要冷却的心。

遗言，太平凡了，平凡得像裂缝的板壁，
从这裂缝，却窥见了您人生乐章的主题，
这辈子，您封住了人间多少裂缝，
用炽热的音符，用温暖的旋律。

车　窗

每次跨进喧闹的车厢，
我总喜欢静坐在窗旁，
久久地把鼻尖顶住玻璃呵，
捕捉着，捕捉着窗外的风光。

祖国欢腾的山山水水，
相继嵌进这方正的窗框，
让我细窥祖国青春的面影呵，
你，你就是祖国的门窗。

迎面扑来跃动的大地，
一草一木都使我心潮激荡，
我透过你向祖国倾注着深情呵，
你，你也是我心灵的门窗。

我一直曝开着眼睛的镜头，
把窗外景色摄在心中的胶卷上，

让我在心房冲洗这些照片吧，
同时也冲洗出无穷的力量。

向日葵

　　吃着葵花籽，读着郭老的《向日葵》诗，不知怎么搞的，我也写了一首向日葵诗，请郭老不要介意。

　　金色的花瓣，
　　金色的籽盘，
　　向着金色的太阳，
　　默默地旋转。

　　你把全身都投向了太阳，
　　于是太阳赐给你籽稠粒满，
　　一颗籽就是一颗心呵，
　　把对太阳的忠诚代代相传。

奔跑的大地

——写在一次特快列车上

烟囱在奔跑，
像要把人间的晦气扔下。
大树在奔跑，
像要把绿伞撑满天涯。
桥梁在奔跑，
像要缝合所有隔膜。
楼房在奔跑，
像要把四海的兄弟接纳。
电线杆在奔跑，
像要织起能源的情网。
电视塔在奔跑，
像要把快乐送到万户千家。

一切都在奔跑，
一切都在变化，
一切都在超越，

一切都在飞跨。

连日渐孤立的茅舍也在奔跑，
是自惭形秽，想逃离我的视野。
连散落的墓茔也在奔跑，
这生机勃勃的世界容不下它。

呵，奔跑的大地，
奔跑的生活，
奔跑的时代

兵马俑

两千年了，马不解鞍，人不卸甲，
唯恐被陈胜吴广的后代捉拿，
调真兵殉护，又来不及——政审，
只好拔擢忠贞不二的泥巴。

进了棺材还要部署侍卫的兵马，
可见这独夫的疑心该有多大。
愚蠢的统治者，睿智的劳动人民，
到底谁为谁殉葬？且付游人解答。

中华民族的雕像

——舞台艺术纪录片《中国革命之歌》观后

把几代人艰难熬过的历史，
浓缩在一晌；
把那么多血泪和欢笑，
密集在台上。
指挥从乐池奋臂挥出的
是感情的催泪弹呵，
借满堂激动的管弦，
流出了我们胸中的乐章。

破译着遒劲多姿的舞蹈语汇，
我看到了中华民族的雕像——
那鞭痕叠印的，
是我们祖辈的臂膀；
那死而不倒的，
是我们父辈的脊梁；
那挥汗劳动、锐意进取的

是我们自己的身影；
那手持花束、奔向朝阳的，
是我们孩子的模样。

几代代炎黄子孙的斗争业绩，
组接在一个个镜头上，
身为您——中华民族的一员
谁不感到无上荣光。

编钟的磁带，
录下了您古老文明的"独立宣言"；
长城的胶卷，
摄下了您对来犯者的惩创；
满眼的鲜花，
绽放着您的理想和情操；
凌云的火箭，
升华着您的智慧和力量。

呵，
这就是我们中华民族
光照寰宇的形象，
这就是中国革命之歌
山呼海啸的交响。

赠月琴演奏者

一位在音乐系进修的音乐老师，曾拿着月琴访我，应她请求题赠之。

在这小小的板面上，
你的心不辍耕耘；
在这细细的丝弦间，
你的手日夜驰骋。
当别人对着西天的圆月，
高奏着咏叹调，
你却把这半梨形桐木搂抱得紧紧。

这半梨形桐木呵，
敦煌有它飞扬的录像，
塞外有它幽怨的录音。
当地球西边的那些大陆，
还只有狼嗥"演奏"在密林，
而它，
已是曲项缀玉。

"相""品"嵌金。
借翠袖下纤巧的手指，
奏出了典雅的乐音，
伴着婆娑的舞姿，
流溢出淳厚的情韵。

是呵，在那悠远的年代，
英语还裸露着上身，
而我们民族的语言，
却系上了音乐的彩裙。

如今，你紧紧搂抱的
是我们古老文明的接力棍，
和它一同震响的是你的赤子之心。

1986 年

蓝宝石

据载，75 岁的巴西前总统夸德罗斯先生在逝世前指示家人，将他还很健康的右眼角膜于死后捐赠给任意一个盲人。逝世后，家人遵嘱将角膜献给了圣保罗一家医院，并移植给了一名右眼失明的 12 岁儿童。

在光怪陆离的价值市场，
他采购了四分之三个世纪，
终于，以计算机也算不清的价格，
买下来这颗，
温润的蓝宝石。

他把生命之火的全部光焰，
都聚焦到，
这颗宝石上。

找遍天上人间，
有这样璀璨的宝石么，
这是太阳的一块切片。

大西洋的一弯水域，
亚马孙河上的皓月，
邦德腊峰际的亮星。

我不想检索，
他那卷帙厚重的档案，
只凭这独特的馈赠方式，
就使他如宝石一样闪亮。

这不是寻常的赠予，
这是生命的禅让，
光明的嫁接，
爱的辐射，
心的移植。

他给一间，
幽闭十二年的暗室，
填进了一个，
七彩纷呈的世界。

他给一辆，
黑夜中奔突的小车，
安装了一盏，
照亮前程的明灯，

从此，圣保罗的夜幕下，

亮起了一扇心窗；

南回归线上的原野，

发现了一眼尚未污染的清泉；

视线纠结的尘世，

增添了一缕童真；

母亲的眸子，

反馈了一道温柔。

从此，在金钱称霸的世界，

又多了一个，

美好而真实的故事

剪纸人自白

纸，全是耀眼暖心的大红，
那是我心房的色彩；
剪，剪出喜气洋洋的画面，
外化了我内心的感慨。
构图虚虚实实，线条曲曲弯弯，
却出自我憨厚耿直的心怀。
剪刀和红纸的联袂献艺，
成就了我讴歌生活的平台。

看吧——
花儿万种风情，
"福"字百种体态；
龙腾虎跃，
猪去羊来；
胖娃娃笑靥逗人，
老爷爷胡须满腮；
"铁牛"健步田野，
"铁马"奔驰村寨。

啊，

剪不够人寿年丰，

剪不够民安国泰。

轻飘飘的剪纸啊，

沉甸甸的负载；

红艳艳的剪纸啊，

情切切的表白——

祝愿人人吉祥，

笑口常开；

祝愿家家小康，

福如东海。

2007 年王益龄（右二）与姐姐、弟弟、弟媳合影

观看许昌老年摄协新春摄影展

慧眼和灵心的默契，
现实和艺术的联姻；
光和影的结盟，
情和爱的共振。
把多姿的立体，
锻压成多彩的平面；
将无限的空间，
浓缩成有限的展品。
眼不是有点花吗？
镜头却捕捉得这么准；
手不是有点颤吗？
却这么灵巧地按下快门。
生活的万紫千红，
定格于镜头的这么一摁；
此后的天长地久，
产生于镜头的这么一瞬。
老年朋友，拿着相机欣赏世界，
世界，欣赏照片，也欣赏照片的主人。

谒孟姜女庙

山海关长城起点处，有孟姜女庙，庙畔小山，人称望夫山。庙中那尊拿着雨伞仓皇奔走的孟姜女塑像，使我瞻仰良久。

你沿着心中爱情的长城仓皇奔来，
风鬟雾鬓，为寻夫闯过万里关隘，
噩耗引爆了爱情，炸开了秦皇的长城，
秦皇却动不了你心中长城的一片石块。

相逢恨晚，你俩曾盟山誓海，
哪管公公的品爵、田宅，丈夫的俸禄、身材，
结成伉俪便相濡以沫须臾不舍呵，
脚下的望夫山是你高耸人寰的表白。

为垂教后人果敢地爱其所爱，
你挽住青春，活到了现今年代，
招来中国人进修外国人留学，
小小神龛是你诠释爱情的讲台。

呵，断臂再植的维纳斯倍显风采，
拿着雨伞的丘比特也不减气派，
不，不，你就是我们民族的爱神呵，
愿天下有情的无情的夫妻都来朝拜。

风　筝

一支支攥在手中的儿歌，
一页页飘出书本的童话，
一片片扎根地面的云彩，
一朵朵开入晴空的鲜花。
一张张人类掏出的名片，
要和外星人洽谈宇宙的开发；
一封封地球寄出的彩笺，
要把星际的友谊大桥构架。
飞吧，飞吧——
我心灵的使者，
我理想的升华，
你快沿着我心中抽出的情丝，
飞向天涯，飞向天涯！

2003 年

题小闹钟

　　上大二的女儿托回许办事的同学给她捎去一个闹钟，以便早起一点读英语，我们闻风而动，买了个花篮造型的闹钟。"复恐匆匆说不尽，行人临发又开封"，临交人捎去时，我题了一首小诗。

　　给你一篮时间，
　　让它填充你的似水流年；
　　给你一篮钟声，
　　让你有节奏地享受人生。

1994 年

1997 年国庆节，王益龄（左一）与妻女在许昌春秋广场合影

《历史》怨

我叫历史，平时光对别人说长道短，其实，要说起我自己来，也是牢骚满腹呵。

我常沦为戏台上镂金的宝剑，
不论忠臣奸臣
　　都把我佩挂腰间；
我也曾沦为珠光闪闪的花钿，
不论正旦丑旦
　　都把我插戴鬓边。

本来，我造就英雄
　　迄今何止万千，
可是，偏有英雄要把我"创造"，
将我肆意改编，
弄得我失却自我，
有口难辩；

我呵，恰似一汪清泉，

能映照太空的日月运行，

能映照人世的沧桑巨变，

既能映出碧空万里，

也能映出雷雨闪电，

人间的尘埃，

宦海的渣滓，

都在我这里沉淀。

呵，在我这里，

谁没有留下脚印

——即使是过眼云烟。

那血肉横飞的战场，

那龙腾虎跃的场面，

哪怕它玉石难辨，

我能拨云见日。

我能披沙拣金，

我用时间去撕剥所有伪装，

还世界一个庐山真面；

我能跟踪逃逸的背影，

抓住它的尾巴，

拘留在我的丝帛竹简，

昭示在我的字里行间，

让子孙万代研读，

栩栩如在目前。

这就是"究天人之际"，

这就是"通古今之变"，
这就是"成一家之言"。

横行四海的英雄，
叱咤风云的豪杰，
迟早都要收进
　　我编写的人物辞典，
虽然，在他纵横宇内时，
我只投以旁观的冷眼，
一旦到我这里报到，
他就不得不接受，
我的调遣。
那时，
我调来全部档案，
考核他的毕生实践，
当然，不理睬官方祭文
——那都是溢美之言。
然后，
按照我的标准，
将他安排在
　　适得其所的地点——
或在耻辱柱上委身，
或在光荣榜上高悬，
或在毁誉参半的系列，

或在芸芸众生之间。

我怎能发给什么表格，
让他填写志愿；
只能在我这里盖棺论定，
给他应有的褒贬，
这，这是黎民赋予我的
　　不可侵犯的权限；
谁敢说我刚愎自用，
谁敢说我滥用职权；

不堪设想呵，
假如我一旦玩忽职守，
将会陷入怎样的局面，
那是社稷动荡，
那是生灵涂炭，
那是时代倒退，
那是国运危艰；
有多少次呵，
我被理不清的案牍围困，
我被摆不脱的无赖纠缠，
多少似是而非的结论呵，
使我困惑，
多少光怪陆离的事件呵，

使我目眩。

甜言蜜语的声浪

　　　要把我漂浮起来；

讨价还价的聒噪

　　　更叫我难与周旋。

嗜杀成癖的

　　　向我索讨

　　　"至仁至善"的锦旗；

卖国投敌的

　　　向我索讨

　　　"精忠报国"的金匾；

敲骨吸髓的

　　　向我索讨

　　　"济世安贫"的雅号；

奸诈刁滑的

　　　向我索讨

　　　"忠厚耿介"的头衔；

贪赃枉法的

　　　要我夸他

　　　"两袖清风"；

昏聩糊涂的

　　　要我说他

　　　"明镜高悬"；

男盗女娼的

要我赞他

　　"诗礼传家"；

目不识丁的

　　要我吹他

　　"家学深渊"——

于是，

混世魔王见了我

　　装得慈眉善目；

娼妇贼子见了我

　　也分外腼腆，

当然我不理会

他们的温文尔雅，

更不会欣赏

　　他们的尽态极妍，

不然，

耻辱柱岂不是

　　无人问津；

光荣榜岂不是

　　严重超员；

果真如此——

还有什么"时间无情"，

还有什么"人生有限"，

还有什么春秋铁笔，

还有什么覆车之鉴，

还有什么昭昭日月，

还有什么湛湛青天；

当然，投身修史，

我只能奋笔直书，彰善瘅恶，

我岂能臣服于任何王朝，

受制于任何政治圈，

世道人心，

黎民福祉，

河清海晏，

这才是我唯一的

　　笔之所系，

　　心之所念，

　　精之所聚，

　　魂之所牵；

是呵，

这会和朝纲发生龃龉，

　　和君命发生歧见，

不然，

怎么砍杀了董狐，

阉割了司马迁；

　"莫道书生空议论，

头颅掷处血斑斑！"

多少"肆情奋笔，无所阿容"的

修史敢死队队员呵，
以血纪实，
以头补天，
陈尸在我面前，
叫我情何以堪，
情—何—以—堪！

跨世纪之歌（朗诵诗）

——献给许昌文艺界的朋友们

时钟，奔走不息，

　　奔来无数美丽的晨曦；

日历，翻飞不已，

　　翻来一个崭新的世纪。

朋友呵，

当你踏雪寻梅，

　　从冰清玉洁琢磨诗意，

当你俯首平台，

　　把设计程序输入微机，

你可曾忘记，半月前，

　　那个海岳同欢，日月同庆的瞬息，

人类历史举行了一个多么盛大的

　　改元换代的典礼——

欢庆两个千年的隆重对接，

欢庆两个世纪的庄严交替！

三生有幸呵，我们这代人的生命流程，
正截取了这个
　　云蒸霞蔚、龙腾虎跃的时期。
百年世纪路，前辈们风雨兼程，
蓦然回首，血汗斑斑，丰碑历历……

20 世纪过去了，但他的伤痕、他的伟业，
永远是我们剪不断的记忆。
虽然，21 世纪再不需以血写史，
但是，要完成中华民族的伟大复兴，
更需要我们几代人自强不息。
要享受日新月异的现代物质文明，
需要心血和汗水做等价交易，
价值规律既这样无情又无法摆脱，
每一个机遇都尾随着挑战的杀机！

呵，21 世纪更需知识，更需创造，
　　更需最大限度地释放人的潜力，
更需智慧之果让生活腾飞，
　　也更需文明之花装扮大地。
假如，没有爱迪生、居里、爱因斯坦，
　　人们还在缺衣少食中向大自然行乞，
假如，没有鲁迅、田汉、聂耳、徐悲鸿，
　　我们的精神家园该是多么贫瘠。

创造吧，奉献吧，

抓住 21 世纪朝霞已红，旭日将升的契机，

这是多好的摩拳擦掌、厉兵秣马的时刻呵，

人生能有几回潇洒畅快的搏击！

创造吧，奉献吧，

凭着我们对新世纪人才市场的向往，

凭着我们对 20 世纪创造者、奉献者的感激，

凭着我们对本职工作的忠诚，

凭着我们对似水流年的珍惜。

创造吧，奉献吧。

用我们的灵感，我们的悟性，我们生命的张力，

用我们的歌喉，我们的身段，我们的各种记忆，

用我们的聪明才智，

用我们的生花妙笔！

2000 年 12 月

香港回归之歌

天安门广场，倒计时标牌，
把一缕缕视线牵系，
一秒秒欢跳的数字，
给我们带来
　一天天逼近的狂喜。

1997 年 7 月 1 日——
历史赔偿给我们
　一个多么诱人的日期，
世界赞助给我们
　一个多么动人的话题。

自从在鸦片的迷雾中
　被人骗走了这块土地，
自从频频过往的舟车
　沉入了罗湖水底，
神州一直笼罩着
　时间不曾吹散的阴霾，

《中国近代史》上一直烙印着

烟熏火燎的污迹，

一团化解不开的情愫，

一直折磨着

中国人的神经，

那么多忠魂铁骨，

一直敲打着

　　中华民族的背脊！

咬牙切齿地忍耐呵，

裂眦扼腕地憋气，

大义凛然地抗争呵，

望眼欲穿地希冀，

"何时收回香港"——

落荒而逃的历史

　　留下了这个

　　　　无奈的问题！

心中企望的答案

　　何处寻觅？

它，成了陌生人攀谈时

　　互相出示的介绍信，

它，成了隔岸叹息的人们

　　打起精神的

　　　　兴奋剂！

在南国海疆，
林则徐的销烟池
　至今氤氲着
　　沛乎天地的
　　　民族正气；
在我们心中，
关天培的大刀
　至今还闪耀着
　　临死不屈的
　　　英雄血迹；
冯婉贞的故事
　至今还在青少年中
　　庄严传诵；
平英团的三星旗
　随时都能呼啦啦讲述
　　三元里村民如何以血守土
　　痛杀英夷！

悠悠百年
　斗转星移，
风云变幻
　改天换地，
积贫积弱的祖国
　已轰然崛起，

杂草集

坚定的信念
雄厚的物资
　　支撑起一个强大的
　　　综合国力！
凭着手中的力量，
凭着胸中的正义，
中国人可以说"不"——
　　当然可以！
这是什么时代，
　　眼里岂能揉进
　　　殖民主义的砂砾！

是时候了，
当年义律带来的绿眼睛士兵
　　早就该遣回原籍；
是时候了，
由炮舰走私出来的界碑
　　早就该放归原地；
是时候了，
英伦三岛的主人
　　早就该拔走到处乱插的米字旗；
是时候了，
那块发绿霉的"总督"府铜牌
　　早就该撤回唐宁街的首相府第，

——呵！这里只能批给你

　一块总领事馆的

　　不大不小的地基；

是时候了，

人们早就看腻了货币、邮票上

　金发珠冠的头像，

　　选择的是

　　　熊猫的憨态

　　　紫荆花的靓丽！

香港回归祖国，

就像母亲把婴儿

　搂入怀中，

就像父亲唤游子

　返回故里，

就像新界的双鱼河流入深圳河

　浑然一片澄碧，

就像港九连着大陆

　血肉本是一体。

呵，香港，

我们可爱的土地，

光彩夺目的东方之珠呵，

你是伟大母亲的细胞一粒；

你的大小岛屿，

　　都属于这热气腾腾的

　　　960万平方公里；

呼啦啦的国旗

　　有你的一根

　　　响亮的纤维；

光灿灿的国徽，

　　有你的一块

　　　耀眼的印记；

人民大会堂

　　有你共商国是的

　　　议事厅；

人大、政协，

　　有你足够的

　　　代表席。

平稳过渡，

是一个深孚众望的政府

　　自信的抉择；

"一国两制"，

是一位经天纬地的巨人

　　睿智的设计；

港人治港，

是慈母对儿子的

无比信赖；

和平发展，

是我们奔向新世纪的

　基本命题！

当今年六月最后一个子夜

　钟声撞响，

当 7 月 1 日那金光闪闪的大门

　刚刚开启，

当按捺不住的紫荆花

　一齐绽放，

当十几亿海内外炎黄子孙

　欢声四起，

此刻，

东方之珠呵，

将北沿京九

　与中南海的不眠灯火

　　遥相辉映，

将上接银河

　与满天星月

　　灿然一体，

在这个历史时刻

　了却了一笔百年孽债，

在这个全球焦点

创造了一个世界奇迹！

小姑娘呵，

漾起你的舞裙吧！

大汉子呵，

擂起你的大鼓吧！

小伙子呵，

吹起你的唢呐吧！

老奶奶呵，

扭起你的秧歌吧！

全国人民呵，

全球华人呵，

还有那么多友人，那么多华裔，

点着你的鞭炮吧！

燃起你的焰火吧！

看呵！

听呵！

大红灯笼，

五星红旗，

五色绚烂的彩旗，

翠绿色的区旗

礼花满天，

鲜花铺地，

世界所有最鲜艳的色素

都在此夜
　　合成了一个
　　　满目琳琅的
　　　　美丽！

欢声冲天，
锣鼓动地，
鞭炮震耳，
笑语不息，
人间所有最快乐的元素
　　都在此夜
　　　合成了一个
　　　　铺天盖地的
　　　　　狂喜！

是呵，没有那么多
飘举的舞袖，
飞舞的丝绸，
高扬的丝巾，
招展的彩旗，
　　怎能在一夜之间
　　　擦去我们民族
　　　　百年的泪迹！
没有那么些彪形大汉

赤膊挥臂擂起
　　震耳欲聋的大鼓，
没有那么些
　　腰鼓的方阵
没有那么些
　　铜锣的炸响，
怎能抖落
　　我们民族
　　　百年的晦气！

一百年，
别说那只是
　　历史打了个盹，
它熬过了
　　几代中国人
　　　庄严的震怒，
　　　勃然的奋起，
　　　裂肺的呐喊，
　　　揪心的叹息。
终于，
百年的屈辱
　　变成了此刻的
　　　扬眉吐气，
百年的忧患

变成了此刻的

　　最后胜利，

百年的期盼

　　盼来了此刻的

　　好梦成真，

百年的等待

　　等来了此刻的

　　欢天喜地！

从此，

海岸线上，

那条被海盗斩断的蓝色绸带

　　在维多利亚港

　　重新接起；

边境线上，

那块被大炮碰掉的黄金地带

　　在九龙半岛

　　重新补齐；

罗湖桥，

再不是两个世界间的

　　神秘通道；

中英街，

将是进行国耻教育的

　　一个基地；

中行大厦，

只是祖国无数大厦中的

　一个魁梧的兄弟；

启德机场，

只是祖国无数城市中的

　一个登天的阶梯；

从此，

在我们的词汇中，

将不再说什么"港九""内地"，

因为头顶上挡风遮雨相呵护的

　都是同一面

　　飘满中华的

　　　五星红旗！

呵，

1997 年 7 月 1 日——

历史赔偿给我们

　一个多么诱人的日期；

香港回归——

世界赞助给我们

　一个多么动人的话题！

　　　　　　　　　　　1997 年 6 月

白衣天使之歌（朗诵诗）

世上有多少美好的职业，

    我们并不称羡；

13 亿人必须健康幸福地生活，

    却萦绕在我们心间。

于是，白衣天使，

    成了我们择业的首选，

从此，我们的人生，

    就定位在治病救人的医院。

国家培养了我们，

    要我们战斗在救死扶伤的前线，

白求恩等老一辈哺育了我们：

    要我们有高尚医德、医术，

    为制服病魔作贡献。

看吧，

我们这些当年的少男少女，

把一头秀发，

    深藏在白帽里边；

让那取不下来的大口罩，

　　罩住了青春的容颜；

本来一身可体的新款时装，

　　偏要用白大褂遮掩；

顶多，

　　男的在上面露一截鲜艳的领带，

　　女的在下面露一圈洒花的裙边。

但是，我们深感荣耀，

因为赢得了一个白衣天使的头衔；

我们毫不委屈

因为我们的价值能充分体现。

有人说，医生太忙，

　　但我们忙而无怨。

是的，

我们的日历，

　　并没有法定的休息天；

我们的钟表，

并没有固定的下班时间。

我们很难享受一个完整的春节，

我们很难享受八小时的睡眠。

可是，

我们干的是抢救生命的事业呵，

我们在创造着

　　一个生机勃勃的永恒春天。

虽然，

家里也有患病的老人，

我们没工夫守候在床前；

家中也有面临毕业的孩子，

我们很少辅导在桌边；

家中也有公务繁忙的爱人，

我们没有那么多时间去情意绵绵。

当手忙脚乱的家属，

  把病号抬到我们面前；

当病号痛苦的呻吟，

  重复在我们耳边；

当化验单上

  又增添了一个"+"号；

当 CT 片上，

  又增添了一个疑点。

顷刻，

一种使命感，

  紧扣了我们的心弦；

一种责任感，

  叮咛我们牢记"人命关天"；

一种紧迫感，

  要我们当机立断刻不容缓；

一种自豪感，

  提醒我们，

这才是最崇高的爱的奉献。

别人说，顾客是上帝，

我们把病人当亲人，

已写进我们神圣的宣言，

我们这些白衣天使，

是用我们的专业手段，

把我们的宣言兑现：

我们用体温计，

向病人嘘寒问暖；

我们用听诊器，

倾听病人的肺腑之言；

我们用 X 光机，

去体贴病人深藏的痛苦；

我们用注射器，

运送我们对病人的支援；

我们用 B 超、胃镜，

我们用血检、尿检，

像抗洪守堤的战士那样

为病人的脏器巡逻排险；

我们用望闻问切，

我们用和颜悦色

为病人排忧解难。

我们无数次，

送还给流泪的母亲，

一个高烧退去的宝宝
叫作母亲的拉着我们的手，
感激无限；
我们无数次，
送还给忧伤的妻子
一个大病初愈的丈夫，
叫作妻子的拉着我们的手，
热泪涟涟；
我们无数次，
还给一个个愁眉苦脸的家庭，
满堂的笑语声喧；
我们无数次，
还给一个个面黄肌瘦的躯体，
健康红润的笑脸。
我们不厌其烦，
按住血压计里不断攀升的汞柱，
还给老爷爷一个安详的神态；
我们不厌其烦，
拽住心电图上大起大落的曲线，
还给老奶奶一个平静的心田。
老爷爷呵，老奶奶，小伙子呵，
小姑娘，
我们盼望的不是你们的感激，
而是你们笑嘻嘻地告别医院。

拿回去吧，你们的红包，

这会玷辱白衣天使的尊严!

留下来吧，你们的意见，

这会改正我们的缺点。

我们定会不断探索

　　生命科学的前沿，

要让死神休克，

要让病菌瘫痪，

要让病毒猝死，

要让癌细胞长眠。

要让人们

　　个个身强体健；

要让人们

　　益寿延年!

　　2003 年底，一位医生邀我写一首朗诵诗，作为他们医院元旦晚会的节目，我欣然写了此诗。

城市二题

马路边拾得两首小诗，一首交给岗亭上值勤的交警，另一首赠给了洒水车。

元　帅

他总是扼守着咽喉要道，
伫立在遥控四方的制高点。
脚下浩荡的千军万马，
在注目礼中瞥见他那一脸威严。
谁不屏息凝神，
以最规范的军容军纪，
接受元帅的调遣。

元帅大檐帽下的眼睛，
死盯着这块兵家必争的地面。
用挑剔的眼神，
扫瞄麾下三军的表现。
不许坦克左顾右盼，

不许战马交头接耳，
不许步兵踏错步点，
更不许一个散兵游勇，
打乱行军路线，
真是军令如山呵。
元帅一个果决的手势，
就能使这支奔腾的铁流，
顿时冻结在地面，
使那支"稍息"的队伍，
左转，
向前……

龙　女

不忘红尘有约，
她逃离龙宫，
朝着温暖的人间，
来得从容。

一袭晶莹的白裙，
掩映着肌肤润泽欲滴，
在音乐的清风中，
她彬彬有礼，
漾开拖地的裙幅，

从每个玲珑剔透的裙褶里，
亮出偷自龙宫的珍玩法器。
看吧，当着夹道欢迎的众生，
把无数珍珠钻石白银玉玺，
撒满一地。

她欣然顾盼来路，
在自己长裙拖过的地方，
闪耀着珠光，
蒸腾着宝气

你挺立在反腐的高地

——致敬长诗《三叹三问》的作者沈愚

　　读罢《三叹三问》，深感字里行间辐射着火辣辣的炽热，那是作者，不！诗人面对腐败现象燃起的万丈怒火！拙作试图还原当时诗人是怎样在火烧火燎的激愤中炼字炼句铸就这首反腐力作的，这也印证了"愤怒出诗人"这句名言的真理属性。

　　一声久违的枪响，
　　了结了一桩大案的审理，
　　翌日报端的案情，
　　详述了枪响的正义。

　　你瞥见大字标题时
　　莫名诧异；
　　你读了几段文字后
　　拍案惊奇；
　　报道结尾的句号，

引爆了你心中

　　疾恶如仇的炸药 TNT！

震颤的双手

将报纸抖落在地；

眼里的火焰

眼镜片怎能屏蔽！

鬼蜮伎俩

怎曝光在瞳瞳丽日下；

天方夜谭

怎搬演在朗朗乾坤里！

你俯首沉思

心房却战鼓猛击；

你面壁彷徨

脑海却惊涛怒起！

是呵！久违的枪响

已淹没在马达和欢歌的交响里，

一如宁静的湖面

抚平了鳄鱼搅起的涟漪，

但是鳄鱼既在，

哪有渔舟唱晚的诗情，

哪有风光旖旎的画意。

　　"山重水复疑无路，

柳暗花明又一村"，

从怒发冲冠到横眉冷对，

你的理性思维伴着政治责任在升起，
你的感性情绪伴着血压在降低，
你把"位卑未敢忘忧国"的情愫
化作深深的叹息；
你用冲天的怒火
冶炼出追责的武器！
叹呵，叹！
问呵，问！
一而再，再而三：
你叹周叶
　　由人变妖的轨迹，
你叹那个老妪
　　由红变黑的逻辑，
你叹那些官员
　　喜欢拉大旗作虎皮；
你问官员
　　为何如此钻营投机，
你问官员
　　为何如此肆行无忌，
你问官场
　　为何众多人沆瀣一气！
可叹，可叹，可叹呵，
我们的祖先曾"长太息以掩涕"，
难道我辈退化到

热血变冷，神志昏迷！
更何况，
共和国公民的神圣义务
　　不是儿戏；
共产党员的初心使命
　　更要牢记！
追问，追问，追问呵，
对那些混进官场的败类，
要打破砂锅问到底！
读罢《三叹三问》，
不禁油然而生
　　对作者的敬意。
你这个狂狷的
　　白面书生呵，
你这个高贵的
　　一介布衣，
你满头大汗
踏完了 3400 级台阶 ①，
挺立在反腐的
　　政治高地！

2023 年 3 月

---

① 《三叹三问》长诗计 3400 行。

赠一位幼儿园阿姨

谁说你不是园丁，
你成天在花朵中消度青春；
谁说你不是幻想家，
你时刻对未来睁大了眼睛。

1965 年

打油诗·安倍晋三遇刺有感

"安"等于零何谈"倍",

"晋"谒神社岂止"三",

一生跋扈一生傲,

死于枪下情何堪。

乒坛盛开友谊花

——影片乒坛盛开友谊花观后

友谊发出了热情的召唤，
人类作出了美好的回答，
借春意浓郁的名古屋呵，
把桌球和地球一起接纳。

东风催响了不同语言的歌喉，
樱花映红了不同肤色的面颊，
各国乒乓健儿荟萃一堂呵，
多少动人的镜头难描画。

青春和朝气在迸发，
幸福和欢乐在喧哗，
意志和力量在竞赛，
友谊和团结在开花。

看那球拍在反复挥打，

该有多少颗心将他牵挂；
看那银球在来回飞射，
该有多少眼睛追逐看它。

稳健的防守呵，凌厉的攻打，
轻捷的推挡呵，遒劲的抽杀，
这也是一场"世界大战"呵，
不过采用了文明而友好的打法。

附录

（一）

难忘珞珈

——与当年武大同窗谈心

难忘珞珈，珞珈终年滴翠，
难忘东湖，东湖柔波秀水，
琅琅书声常有莺歌燕语相伴，
林中阅读也曾被樱花陶醉。

难忘雕窗里莘莘学子焚膏继晷，
难忘飞檐下含英咀华学者荟萃，
科研气息熏染得我们手不释卷，
人文精神提升着我们人生品位。

难忘曾目睹书本坐牢理性下跪，
难忘那年头斯文扫地珞珈蒙灰，
折腾得人人青春打蔫理想折翅，

青年时期的王益龄

蹉跎锦瑟年华都摊上我们这辈。

难忘云开雨霁珞珈越发雍容俊美，
难忘旧友重逢霜鬓相向情激泪飞，
趁这瑰丽晚霞何不来个黄昏热恋，
让鸿雁加班热线更热把光阴追回。

缅怀我师

——节选自《"珞珈恋"祭》

　　1955 年夏天，那个接到武大录取通知书的大喜临门的下午，在我的"记忆时光瓶"中，宛如一束色香俱佳的花蕊，逗得我思绪的蜂蝶，惊起却回头，非要趴在上面品咂个够不可才罢休——母亲攥着那张和通知书联袂降临的粉红色贺信，命令我一字不漏地念给她听。她颔首频频地听完，便夺过贺信塞到我手心，继续命令：放好！这是武大给你下的请帖，还是红色的，喜庆，喜庆！算命先生说你命好，"陈瞎子"没瞎说，应验了！在那年代，谁也没有掂量这"喜庆"的含金量并评估它的远期效应。

　　超过一个甲子了，由当年毛手毛脚的小青年变为如今的耄耋老朽，我未能，也不能忘记入学后第一次走进琉璃瓦飞檐覆盖下的阶梯教室，随机坐上那桌椅兼用的课椅时油然而生的自豪感和幸福感。正如宋濂说的"坐大厦之下而诵诗书"，加之有大儒硕师执教，我以为我已臻"人生至境"。黄焯老师对古汉语的阐释既鞭辟入里又明白如话。难忘他一身脱不掉的中式服装和一头长不起来的发茬，难忘他并不开阔的额头和笑意长驻的嘴角。湖北蕲春的乡音无改又包装以汉口话的腔调，却侃侃道出一口训诂，满腹经学，谦和朴拙的仪态和喜于接谈的脾气却屏蔽不住他国学宗师的气场。记得一次登门拜谒，他对一个难点的讲解，既有微言大义的学术深度，又有嘘寒问暖的家庭式谈笑，叫人难忘。老人家送我出门，我向他鞠一躬，当我麻利地直起腰时，惊奇地发现，老人家动作慢，弯得很下的腰竟还没有直起来，弄得我惶恐不安。老子说"大象无形"，真是大象无形呵！ 1957年下学期，被著名资深美学家朱光潜誉为"李清照之后第一人也"的沈祖棻先生，在家庭遭遇特大"地震"之后，[1]还打起精神，为我们开设了选修课《唐人七绝研究》。众所周知，她"新来瘦，非干病酒，不是悲秋"，凭着一辈子潜心研究古典诗学词学的超凡功底，她把那些七绝诠释得剀切精彩，出神入化，让聆教者如坐春风。难以揣度，长期宁、汉分居，团圆不久又将有隔离尴尬的沈先生，讲解杜审言的"红粉楼中应计日，燕支山下莫经年"时的心境，是何况味？一次在南京师大，我对自称是沈先生学生的钟先生，背诵沈先生1952年在南京国庆观灯时写的一首《踏莎行》："星月交辉，霓虹呈彩，明珠错落灯如海。倾城仕女涌春潮，轻雷转处飞车盖。盛世难逢，青春可再，廿年回首愁何在！良宵欢意溢秋空，不辞白发花重戴。"钟先生听后击节叫好："太好了！我怎么没见过？"

---

[1]国内著名教授程千帆被划为"右派分子"。

并要我将该词抄在他的小本上。这是沈先生应《长江文艺》之约找出的一首旧作。看来，沈先生像这样自写自娱、不屑张扬的精警华章，定然不少，这又是老子说的"大音希声"吧。喷薄冲天的才情，一塌涂地的遭际，天哪！怎么就叠加在一位温文尔雅的女性学者身上呢？[①] 而今，斯人早去，斯文杳然，留给人间的只有唏嘘。现代文学史专家刘绶松先生身体微胖，那年初夏他扇着扇子给我们讲课的情景，我依稀能记，当讲到闻一多的爱国抒情诗《发现》时，他以高亢雄沉的声腔，朗诵："我来了，我喊一声，迸着血泪，这不是我的中华，不对，不对！"两个掷地有声的"不对！"从他口中呼啸而出的同时，便忘乎所以地将手中的扇子猛扇两下，我听着深被感染，但不敢笑，——这位新文学权威把祛暑的扇子当成助情的道具了。从 1919 到 1949 这段激情燃烧岁月的文学，就需要刘先生这样激情燃烧的性情中人来讲授，不知道他此生最后的夫妻絮语是不是"不对，不对"这样的话。[②] 唉，令人扼腕，不说了。

时序匆匆，岁月留痕，风暴过去，依旧是虹彩满天。刘禹锡说"吹尽狂沙始到金"，金者何！我说，情也。人到晚年，抖落了名缰利锁，不在乎外来压力，减少了逢场作戏，叫停了"贺吊往还"，剩下的那种真纯无瑕的情，

---

①沈先生从外地回珞珈山住所，因丈夫问题无车相接，坐了个机动三轮，车失事撞死在山上。

②刘绶松教授在"文革"中遭受迫害于 1969 年 3 月 16 日偕妻双双自缢身亡。

才是支撑我们安享天年的精神支柱，至少也是维持带病延年的正能量。亲情，爱情，友情——师生、同窗之情便在其中。

一代代学人怀瑾握瑜，学究天人，一代代学子沉浸浓郁，含英咀华。青山不老，绿水长存。

1955 年王益龄（左一）与父母外甥女陈小文、
陈小芹在武汉大学体育馆前合影

诗魂鸿影四十年（节选）

　　负笈珞珈之事，早付烟云。1998 年珞珈之会，心向往而体不支，欲行又止，抱憾至今。然而，应该感谢那几位发起人，是他们的美意懿行，接起了一段断裂的历史，一串串残破的梦，也接起了近百颗离散的心。这不，自那通讯录问世，神州大地本已繁忙的邮路电路，又平添一分繁忙。我当然也沉浸在断鸿乍归的惊喜之中。容举两例，寄意同窗。

魏都义重，学友情深。王益龄（右）与武汉大学
同学邹昆山（左）、黄纪华（中）相聚河南许昌

寄昆山

无题

这张破纸，是一九五七年春天带着一种朦胧的粉红色的梦幻买下的，夹在旧书中竟保存至今，现拿来抄录彼时彼地写的一首小诗，寄赠我的挚友，聊作纪念。此纸四十一岁，祝愿你再藏四十一年。

一时的愁容会变成永久的笑脸，
淡淡的苦涩会变成浓浓的香甜，
这应该、应该是生活的逻辑呵，
不过这变化需要、需要时间。

我多想撕开时间的封条，
把我的未来偷看一眼，
难道这逻辑竟把我、把我忘掉，
叫我一遍遍把它叨念

寄纪华

顷接来鸿，悲喜交加。始知兄在武大辗转十载，更哪堪两度发配农场。呜呼！天降大任，何必如此"苦""劳""饿"于弱冠斯人！细观照片，吾兄老矣，益增戚戚。因成七律一首如后。兄之大作，尚未收到。

鸿雁啼残四十年，为君喟叹为君欢。

浪迹江汉十辞旧，寄望珞珈三上山。

锦瑟年华交粪土，夕阳岁月劳心肝。

"此情可待成追忆，只是当时已惘然。"

杂草集

（二）

1966 年"文革"中，全国每个单位都遵照中央统一部署设立"牛棚"。我和十几位老师都关进许昌二高"牛棚"去了。1967 年 4 月，我只身出逃，径直上北京中央"文革"接待站，我这个因出逃而具有现行反革命行为的"右派分子"，接待站居然称之为上访人员甚至上访同志，惊魂摄魄的感动和感奋，都化作了思如泉涌的创作激情，十来个日夜竟写了不少散文、诗词初稿，回许后，将初稿修改润色，编成了一本名为《京华漫笔》的小册子，几个月之后，听说在小部分二高同学中传抄。这次我选了其中七篇，所选作品，除删节外，未改一字，可与二高同学传抄的对照。

幸福的土地

黄昏。

天安门东边的儿童影院。

彩色纪录片《毛主席是我们心中的红太阳》正在放映。银幕上，多么迷人呵！——那天安门广场的国庆之夜。绚烂的焰火，凌空怒放；耀眼的探照灯，划破天幕。

连连飞进的礼花和着频频掠过的光柱，织成了这节日里奇幻的夜空。

整个广场，荡漾着一个人群的海洋，汹涌着万顷笑脸的波涛。

一阵阵欢呼的风暴，卷过广场；一双双翘望的眼睛，投向城楼。千言万语，千情万绪，凝成了我们时代的最强音："毛主席万岁！"

看呵！他老人家迈开健步，神采奕奕地走下了天安门城楼，跨过了金水桥，来到了广场，迎着潮水般涌来的人群，一步一招手地走着，走着，并且就在停脚的地方，和身边的人们一起，居然席地而坐了。

又一阵摇撼寰空的欢呼的风暴，吹得银幕上的张张笑脸，频挥喜泪，也使得银幕下这小小的儿童影院，实在容

纳不了满座观众爆炸般的掌声。

仰视太空，只见光辉的北斗熠熠闪耀在晶莹的群星之中，形成了这"星汉灿烂"的天宇；回顾广场，只见一位最伟大的巨人，兴致勃勃地促膝坐在众人之间，展示了一幅"领袖和人民永远在一起"的崇高画卷。

呵！那翘望的眼睛，请垂下你的视线吧！那高举的相机，请俯下你的镜头吧！他老人家席地坐在我们中间了！

多么感人肺腑的场面呵！在这里，哪个角落，不是典型地代表了社会主义祖国；哪一秒钟，不是集中地体现了毛泽东时代！

看罢电影，已是万家灯火。眺望天安门广场，更是华灯如昼。

我满怀无限景仰，冒着春夜的轻寒，径直朝广场走去，为的是寻觅和瞻仰毛主席当时席地坐过的地方。

没有留下一块碑石，向游人指点那块幸福的土地。我只好让整个思绪尽量沉湎在刚才的银幕上，凭着记忆中的方位和距离，对这空旷的地面，作无声地叩问。

就是在这儿附近吧？——我在离天安门城楼东南角不远的地方，停下了犹疑的脚步。于是，我俯首审视，我纵目张望，我凝神沉思，我畅怀遐想。这么一块不过两尺见方的土地呵，竟然蒙受了巨大的幸福，怎不使远道而来的我，为之艳羡，也为之嫉妒。

遥想去年国庆之夜，当伟大领袖坐在这儿的时候，这块小小的面积呵，顷刻成了整个地球重心的所在，成了全世界中心的中心。千万条殷切的视线，千万声激越的欢呼，从四面八方，一齐汇到这儿来；千万只高举的手臂，千万本鲜红的语录，从四面八方，一齐朝这儿挥动；深情的颂歌追逐着欢快的鼓点，一齐朝这儿飞逸；扬起的纱巾伴随着漾开的舞裙，一齐朝这儿旋转；还有多少照相机的镁光灯，都朝着这儿闪光；还有多少录音机的麦克风，都朝着这儿灌音。美景良辰无限好呵，万紫千红总是春。

呵！苍茫大地，无边无垠，在此时此刻，有哪一个地方，能像这块土地那样，沉浸在无与伦比的幸福之中！

是的，在"红旗卷起农奴戟"的湘江畔，在"唤起工农千百万"的井冈山，在"会昌城外"，在"六盘山上"，都曾有过那么一块幸福的土地，让毛主席在征战倥偬之余，稍释戎马，席地而坐。然而，那时的一切，毕竟付诸岁月的洪流。现在，不！就是影片所记录的这一天，正是新中国诞辰十七周年的大喜日子。节日的礼花，已经历史地替代了当年的炮火；林立的大厦，已经历史地替代了当年的窑洞。举国腾欢酬佳节，一片锦绣饰京华。没想到吧！如今，就在这处处火树银花的广场上，就在这座座琼楼玉宇的建筑旁，仍像当年一样，竟又有那么一块幸福的土地，让毛主席忘却高龄，不辞夜寒，欣然席地而坐。请眼前挺直的华表和坦荡的广场来作证吧，当时，这块地上不曾拂去的风尘，还依稀印下了老人家鞋底的痕迹和裤子的皱纹，这"天阶夜色凉如水"的水门汀，还依稀烙下了老人家热乎乎的体温。

　　该怎样感谢我们的摄影师呵！是他们紧紧抓住了那个珍贵的时刻，拍下了如此动人的镜头，把那稍纵即逝的几分钟时间，永恒地凝固在这部彩色的拷贝上。使当时没能"躬逢其盛"的人们，得以向银幕索讨补偿。看吧！那屹立在天安门城楼，叱咤风云、雄视寰球的伟大领袖，现在，现在却和千万普普通通的群众并肩坐在地上；那曾在举手挥笔之间，把八百万美蒋军队碾为齑粉的伟大统帅，现在，现在却虚怀若谷地和群众恳谈在一起，欢笑在一起。那年逾"古稀"的慈颜，笑容可掬，而那眉际眼角的每一缕笑纹里，蕴藏着多少对人民深切的爱抚呵！的确，这几十米的胶片，对于一位最伟大的无产阶级革命家的光辉形象，通过一个寻常而又不寻常的举动，作了多有意义的补充！

　　良宵易逝，情思难尽呵！虽然事隔半年，时过境迁，然而这块幸福的土地上的那般动人情景，却一一宛在眼前，我回味着，回味着，一种生活在社会主义中国的光荣感，一种生活在毛泽东时代的幸福感，不禁油然而生。——这就是我在此番辗转低回、寻寻觅觅之后，从这块幸福的土地采撷的思想之果呵！

太阳落户的海滨

——献给中南海

不被注意的墙垣，不被注意的树影，
围拱着这全世界注意的中心，
没人指点我怎能辨认呵，
这，这就是中南海的大门。

大门，并不是那么高大呵，
可出入的却是最高大的巨人，
这里容纳了汪洋大海、崇山峻岭，
还有那革命的雷霆、时代的风云。

呵！这是真理安家的圣地，
这是太阳落户的海滨，
这是胜利扎根的沃土，
这是春天永驻的园林。

我骤然停下匆忙的脚步，

恬静的心池呵，又一阵沸腾，
长久的思盼变成了一时的拘谨，
深深的敬意变成了呆呆的神情。

向你致敬！你——祖国的心脏，
我们党的中枢神经，
世界无产者的战斗司令部，
人类解放的指路明灯。

时间呐！你也停下匆忙的脚步吧！
让我慢慢把这儿的一切看个分明，
我的视线透过了这墙垣和树影呵，
不！透过去的是我的一往情深。

看！那桌前日日不闲的椅凳，
那窗前夜夜不眠的台灯，
那案头不曾凉却的茶缸，
那烟头连续不灭的火星。

是又在遥望南天，欣然命笔？
还是带着沉思信步闲庭？
是在磨砺倚天的宝剑？
还是在为害人虫掘墓挖坟？

是在审视"截断巫山云雨"的图纸?
是在掐算"环球同此凉热"的日程?
是在批示"只争朝夕"的跃进计划?
是在思索对红卫兵小将的叮咛?

"踏遍青山人未老"呵,
我看到了那不倦的身影、炯炯的眼神;
"乱云飞渡仍从容"呵,
我听到了那坚定的语调、稳健的足音。

那眼神的每一闪烁呵,
都是为了把航船的方向校准;
那足音的每次震响呵,
都是为了催动历史的车轮。

我仿佛看到那巨人的串串脚印,
都化作了祖国大地的片片绿茵;
我仿佛看到那舒吐的缕缕香烟,
都聚成了祖国晴空的朵朵祥云。

为什么我久久地不愿离开?
为什么我离开了还顾盼频频?
因为红太阳落户在这中南海滨呵,
我怎不对这里爱得深沉。

人民大会堂颂

蓝天勾出一个巨大的轮廓，
大地托起一座雄伟的殿堂，
不需天安门介绍咱就相识呵，
说相识，可我是第一次来你身旁。

彩霞披拂着你缀玉的檐顶，
绿树掩映着你镂金的门框，
连你的屋角都金碧交辉呵，
连你的台阶都闪闪发光。

是呵！不修得这么巍峨宽敞，
怎能包容全中国的掌声歌浪？
不修得这么富丽堂皇，
怎能体现全人类的美好愿望？

呵！你是国家和人民互相拥抱的场所，
你是领袖和群众以心换心的地方，
你庄严的讲坛联结着七亿个喉咙呵，

你敞亮的礼堂跳动着七亿颗心脏。

毛主席领导人民夺得了印把，
又让人民牢牢掌握在自己手上，
不然哪会有这么多工农的席位，
让历史的缔造者把国事磋商。

那流血牺牲是对你的巨额投资，
那南征北战是为你运砖垒墙，
那把伪"总统府"踩在脚下的战士，
是你脚手架上的一群普通的工匠。
……

浪淘沙·人民英雄纪念碑

丰碑竖芳丛，
出世横空，
阅尽人间春色浓，
眼底旗红松柏翠，笑舞东风。

忠骨化苍松，
血染旗红，
今朝过去一息通，
且看天天碑下过，当代英雄。

故　宫

分明是一窝豺狼虎豹，
偏要垒个金窠玉巢；
分明是一伙妖魔鬼怪，
偏要弄得珠围翠绕。

这重重的殿阙，这森森的宫苑，
集中了一个封建王国的民脂民膏，
也算是"雕栏玉砌应犹在"呵，
不在的，只是那罪恶的王朝。

是呵！这深宫不绝于耳的笙箫，
怎能淹没宫外的遍地哀号；
这深宫绮丽多姿的舞袖，
怎能挡住宫顶的满天风暴！

历史早抛却这故宫轻装前进，
把这留给后人作为评论的史料，

在伟大首都这是个绝妙的点缀呵，
烘托得我们的人民大会堂更加美好。

副　　歌

假如这些帝王的阴魂尚在，
看到我来这儿会如雷暴跳；
"此贱民怎闯朕之宝殿？
快推出斩首！决不轻饶！"

我将斥退刀斧手，放声大笑，
并且掏出我火焰般的诗稿：
"老子是伟大毛泽东时代的公民，
你他妈的皇帝算个啥 diao ！"

沁园春·颐和园

帝王园囿，悉归民众，我得畅游。

看葱葱山色，喜披彩绣；盈盈绿水，笑涌轻舟。

高阁送目，长廊信步，不尽画屏眼底收。

一处处，引中外游客，赞赏不休。

当年谁敢来游！忆往昔满腔恨悠悠。

想花间高阁，白骨堆就；舫底绿水，血汗聚流。

罪魁祸首，慈禧太后辱国殃民臭千秋。

至今日，若此贼仍在，早砸狗头。

七律·北京车站

抵京、离京之际，余两度久留车站，凡可到之处，均一一观赏，尽兴而止。

北京门户傲然立，
笑纳环球吐虹霓。
轨稠似嫌大地窄，
楼高愈觉苍穹低。
千车济济五湖客，
一站融融四海谊。
莫道两番观赏够，
两番辞去总依依。

满江红·长安街

举世无双，坦荡荡，红色大道。
人如织，畅怀游览，争相留照。
一路春风一路树，满街华厦满街笑。
看红旗矗立天安门，相辉耀。

千百载，乌云罩，
好容易，阴霾扫。
念峥嵘岁月，几番风暴！
华表常观人战斗，广场屡闻马嘶啸。
喜今日朝晖满长安，换新貌。

（三）

黄鹤少年中州老　三尺讲坛献终生

张名扬

1962年许昌市破天荒地编辑出版了一期铅印文艺刊物——《灞陵春》。其中有篇散文《钟声赋》，有个作者王益龄，令我过目不忘欣喜不已。那是一篇诗意盎然文采飞扬的美文。王益龄，何许人也？我孤陋寡闻无缘识荆。日后随着会上会下街头巷尾见面多了，熟识了，交谈了，相见恨晚，遂结谊往来，日短时长不知不觉竟成了朋友，成了无话不谈的朋友，成了情谊不衰的朋友。一交一甲子，六十年矣。

益龄自幼聪颖早慧，少年英才。他出生于武汉一生活优裕的家庭，较早得享传统家教。学龄前开蒙，诵诗读经，日课不辍，就连抗日战争避难乡下亦无间断。印度人说，少年学习犹如大理石雕刻，虽锤錾繁难，但可长存不毁。少年读书，受用终身。戏曲演员有无童子功，举手投足间即可窥知。益龄文学根基坚实，之所以能开口成诵挥笔即

文，显然得益他的腹司充盈，得益于他的童子功。他有幸
在起跑线上赢得了先机，而后小学、初中、高中一路顺风，
17 岁终以优异成绩考取武汉大学中文系，成为时代宠儿。

"宁往南搬一千，不向北挪一砖"，此虽旧谚，但至
今南北差别仍存焉，况远在刚刚建国十年之际。20 世纪 50
年代末，益龄抛家别亲隔省跨州从湖北来到河南，一夜之
间由"江南仔"变成了"江北佬"。他是一位尊崇传统道德，
中规中矩堪为人师的教育工作者。他以普通知识分子身份
融入世俗社会，潜身在日出而作、日落而息的劳动大军之
中，在劳作奉献的欢快中度过了他人生的大半辈子。可是
平日从益龄身上一点也看不出来自国际大都市的优越高慢，
一点也看不出名校高材的傲岸不逊。他一向温文尔雅低调
处世，谦逊谨慎虚怀若谷。改革开放之前他先后在市一中、
原二高、二中、五中和实验中学执教。几乎教遍半城的高
初中各级段，他教材熟悉经验丰富，加之满腹经纶，完全
有资格居高临下指手划脚。可他却不曾如此，总是在教研
活动中先虚心听取他人意见，而后才以探询口吻缓缓阐明
自己的见解，以四两拨千斤之巧异中求同皆大欢喜。在数
十年的交往中，我不曾听他说过任何人一个"不"字，也
不曾听说他嫉妒谁不服气谁；即使遇上不可意不入眼的事，
他亦总能平心而论泰然处之，使之冰化雪消冬去春来。他
总是那么得体地保持着谦谦君子之风。

益龄还是位本真的孝男。为报答养育之恩，他把耄年
老母接来同餐眠。日间抽暇共话嘘寒问暖捧茶续水，细密

有似绣娘。夜时频起探看凉热，代母挠背洁身，真纯无异童子。尝置一缸，楼上养鱼，剖烹制汤，下面调味。每日必亲奉鲜鲫鱼面一碗，以飨高堂并讨其欢心……老母终得颐养天年，逾百龄含笑辞世。常言道，忠孝不能两全，此乃古今憾事！但，凡大孝者必勤于职守忠于家国；凡大孝者必敬业爱岗效忠人民。纵观世间，大抵如是！

交好益龄不说高攀，他确实不曾小觑慢待吾辈。我俩性格、教养不同，智力、学力有别，但在志趣爱好上尚有相近相似处：如每次会面或煲电话时的开场白往往是关注国际风云，或交谈国内时政要闻。又如我俩都曾私下喜欢禁锢多年的"五四"以来的流行歌曲，他曾向我推荐过《拷红》《葬花》。再如我俩对文艺理论的学习亦有共识。他曾直言不讳地说，我们并没有文艺理论。此言不虚，我亦有同感。我大学读的《文学概论》就是前苏联季莫菲耶夫的原著翻译。也许我俩不擅长理性思维，同感没有投入地学通学透这门课程。当年的一些疑存像疙瘩似的至今也没完全解开……

我俩同庚，我痴长他数月，故我一向直呼其名，自觉亲切。可他人前人后甚至与夫人对话提及我总敬称"张老师"，使我不自在到如今。由此可判知我俩修身养性的差异，更可见他的蔼然可亲和敬重朋侪。

益龄极富诗人气质，是写作高手。他操持的语言偏于书面，诗化，风格近似绘画中的浓墨重彩。文辞华美繁富，句子绮丽，色彩缤纷，感情浓烈。他喜设喻，故形象鲜活景象明媚；爱排比，造出磅礴递进之势，引人入胜。总之，他的语言既有欧美文学韵味，又不失中国语言特色，颇似严格依照中国文法翻译的西洋文学语言，流丽古雅，富张力，耐品赏。

他写作似有一不成文的规矩或曰习惯，即每诗必工，每文必美。诗文不工不美，不经几番揉搓和推敲决不出手。故文友们评论他写作的突出特点是"少而精"。怀揣一颗诗心，他较早闯入写作园地。19岁时他为电影演员周璇写过一幅挽联："天涯歌女天涯逝，四季常唱四季歌"。随即不胫而走无翼而飞，走出中文系，飞往校内其他院系，传扬热闹一时。"武大"何所在？灵童才女比比皆是。短短两句诗，了了十数言，却能打动珞珈山诸师兄弟，没点真本领没点真玩艺儿，成吗？据说"文革"他尚无权发表作品时，一位热心学生以自己的身份化名在《河南日报》为他发表诗作，事后悄悄传为佳话。"武大"1955级中文系同班同届同学，花甲、古稀之年多次聚会，每聚必印纪念册，照片、文章兼有，图文并茂。我先后借读过三册，最后归还时，我脱口而说：别人写的大多是应景的回忆文字，独你的美文《珞珈恋祭》堪称文学作品。不是奉承亦不是讨好，我坚信我的判断。益龄的同学多为高校教授、学者，亦不乏出版社、杂志社甚至中央级新闻单位的高级编辑、记者，有的文章也确实很好，但能与益龄比肩并美的不多；超越者，我敢说，没有！益龄写作自青少年起即遥遥一路领先，直至晚境仍宝刀不老，实属不易！

与别人相比，也许他写的少了点，但屈指算来编一部

诗文选集怕早就绰绰有余了，可他一直按兵不动。心急的夫人和女儿多次敦促，均无果而终。文友们在多种场合纷纷劝驾，我也曾表示愿代劳助编，他总是逊谢不遑一笑而已，终不了了之。也许他心目中的"精"另有高度……

王益龄在老年大学上课

益龄最欣赏的歌曲是《长大后我就成了你》。他一生安分守己敬业爱岗。他很看重他那三尺讲坛，从一而终，不分心，无他想。只要让他登上讲坛，他立马精神抖擞神采焕发，像变了个人似的。有人说他讲课如同诗人朗诵，声情并茂激情四射。有人说他讲课酷似腾格尔放声高歌，通体发力浑身使劲。他那略带湖北口音的普通话像磁石般吸引着陶醉着每位学子，让他们如坐春风，竟不知教室外是冬夏春秋是风霜雨晴……粉碎"四人帮"后益龄调任许昌教育学院。他怀揣半部中国古代文学史，主讲唐宋元明清文学。他不仅在许昌从校内讲到校外，还受省教育主管部门委派，先后多次赴外地市示范讲学，一路好评如潮。益龄殷殷深情爱生如子。他把曾宪梓奖教金的全部奖金上交学院，用于奖励品学兼优的学生，他也不时资助一些寒门子弟。他还是位爱心大使热心公益活动，每每慷慨解囊带头捐献。

除正规的专业学习，益龄还特别关注学生的个人爱好和全面发展。一位刚刚走出西部山区的代课教师有幸成为他的学生。该生酷爱书法艺术，但尚处在不得章法的摹写阶段。王老师告诫他学书当逆文字发展而从楷书起步，夯实基础后多写多练多临帖，别无他途。日后该生就遵师嘱临池不辍，并经常送习作请教。益龄还把该生的书作与名家书画并列悬挂厅堂，经常向客人推介点赞。后来他在校内为该生举办了一次"个展"，亲自撰文亲笔书写前言鼓励，还请来市文联、市书协的书家老师观赏座谈。此次活动大大鼓舞了该生，增强了他的自信。毕业后该生不断返校看望王老师，并再三叩谢导引之恩。后经多年的继续努力精心研探，该生最终考取欧阳中石研究生，如今已是某知名美院的书法教授……

幼苗已然长成大树！

他只是益龄众多学生之一。

正当益龄讲课广获赞誉之际，他退休了；正当益龄写作渐入佳境时，他患病了。但这些均无碍于他曾是许昌文学讲坛上的一面旗帜；也无碍于他曾是许昌作家群中的一

员大将。国学大师季羡林曾说，一个人的成功得靠天分、勤奋和机遇，缺一不可。益龄天分十足，勤奋有加，独欠机遇，否则他的前半生将拥有另番天地。是金子埋到哪里都会发光。天公抖擞重排兵阵时，益龄的机遇终于降临了，给他带来福音：先晋升为许昌教育学院中文系系主任、副教授，后被评为河南省优秀教师、省高教系统优秀党员，并获河南省五一劳动奖章，曾被推荐为两届市政协委员，还荣获曾宪梓奖教金……

遥想当年益龄像一株温室小草，被掘移到荒郊野岭，他遭遇过多重风摧雨打霜侵雪凌。不知他是如何度过孤立无援的无数个日日夜夜，亦不知他是怎样经受住炼狱般的摧残和煎熬的。他的多位"武大"校友相继都远走高飞了，益龄本亦有机会他往高就，独他选择了留下，永远留在许昌。他像解放军战士一样"视驻地如家乡"，把根深深扎在这片黄土地中，引吭高歌了一曲"日久他乡即故乡"。当年青春的"许昌半子"，摇身一变，如今成了老迈的"河南大爷"。日升月移，转瞬几十春秋，益龄一直愉悦地幸福地生活在这座曾亏待过他的内陆四线小城，不知垂垂老矣！

当年捧读《钟声赋》再三，却未获其真谛，日久渐悟其本意：益龄是借助校园钟声讴歌人民教师的粉笔生涯和无私奉献精神（他恰是其中之一员）。噢，"钟声"即"终生"也。妙哉斯文，美哉斯人！

老 师

杨志有

老师姓王名益龄，比家父大三岁，名副其实"师如父"的年龄。依笔者的理解，老师首先要老，年龄要大，否则，难以称老；其次，要能为人师，在学业、为人等方面是我们学习的榜样。故此，第一次见面，直接就对王以"老师"称呼，很顺溜，没有任何的心理障碍。

"唉，不不。咱们是同事。"王老师很客气，"以后咱们就是一条战壕里的战友了。咱们是臭味相投。"

王老师很乐观，也很幽默。关于"老师"的称呼问题，后来他多次纠正。我给别人介绍说他是我的老师，他马上说："他发音不准。不是老师，是同事。"

1984 年，笔者刚毕业走上工作岗位，二十一岁，还是少不更事的年龄，又是他乡异客，无论心理上还是生活上都远未达到独立的时期，渴望得到依靠。作为父辈年龄的领导，王老师当之无愧地成为笔者的"靠山"：笔者和王老师同在一个教研室，他是主任，领导着我们几个年轻人。我们的生活和工作又在同一个院子，王老师有一个幸福美满的家庭，笔者是单身汉。隔三差五，王老师会喊笔者到他家里去吃饭，给人以家的温暖。工作闲暇之时，他会随口说

一两个笑话调节气氛。教研室总是充满着欢乐向上的情调。工作上，他看我们没有经验，有时候甚至在课堂上出现冷场、窘态等失误，课后最多的表情是两眼盯着一个地方，而不是盯着你个人看，沉思之后说一句并不怎么标准的普通话"不着急"。有时候他会和我们几个年轻人比赛上楼的速度。一般人是拾阶而上，他是越级跨步，是"跑楼"。

随着共事时间的延长，笔者对王老师的既往有了些许的了解：

王老师出身于武汉市的书香门第，从小有着良好的家庭熏陶，1955年考上武汉大学中文系，在学校是个高材生。不幸的是，刚到三年级，由于出言不慎，祸从口出，被打成了"右派"。那年他刚刚19岁。"右派学生"的帽子并没有影响他的学习热情，到毕业那年，他仍然以高学分获得毕业证，可惜的是"右派"的帽子断送了他的美好前程：毕业分配没有单位敢接收，没办法，只得远离家乡武汉到河南农村一所中学任教。打击仍在继续，一位年轻小伙子，学问越高在农村可能越被孤立，越成为生活中的另类，而右派这顶帽子实实在在地决定着他的前途是一派渺茫，所以，直到他三十三岁才经人介绍，与一位农村小学的女教师结识。

王老师结识的女教师就是后来的妻子，一位当时顶着家庭、社会等各方面压力与王老师走到一起、至今仍终生不渝，让王老师感恩、幸福的一位女人。她姓宋，比王老师小十多岁，笔者上班时我们同在一个单位，在学校后勤的某个岗位工作，直到退休。

退休后的夫妇俩享受着难得的幸福晚年。谁知，天有不测风云，突如其来的病魔袭击了王老师。在医院抢救的一个多月时间里，王老师多数时间处于昏迷状态。作为妻子，宋老师表现出一般男人都少有的刚强和执着。她恳求主治医师：别考虑医疗费的问题，一定要把人抢救过来。只要有一口气，无论是残疾还是瘫痪，无论是聋子还是傻子，我都认了。我就要他这个人！

苍天动容。王老师从死神手中挣脱出来，重新过上了一般老年人的生活。

最近一次见王老师是在 2015 年 12 月 18 日。电话给宋老师联系，说希望和王老师一起出去吃饭。不久宋老师回话，复述王老师的意思说"还是回家吃"。一个"回家"，让笔者顿时两眼盈泪，两位老人向来都是把笔者当做自己的儿子一样看待！笔者在动容之时，也涌起不好的预感：王老师是不是身体不适？如果真是那样，让他们出来吃饭确实太无情了点。

到了王老师家里，老两口一如既往地像迎接亲人一样，只是第一眼看见王老师，给笔者感觉"老了"。

怎么会不老呢？屈指算来，笔者也已经工作三十个年头了，问王老师的年龄，王老师依旧是乐观开朗的心情，给笔者讲了一个属于他们的一个故事。

半年前，武汉大学 1955 级中文系同学聚会，组织者提议，给到场者一起过一个八十岁的生日！倡议一出，举座欢呼。

"我还不到八十岁，我是滥竽充数。"王老师给笔者调侃。
"这就像班级集合，不管年龄、性别，只要是一个班的，都站在一个队伍里边，都一样的。"笔者也和王老师调侃，尽量将这一话题放轻松。"我现在高血压，身体不行了，但我也过了八十岁生日了。"王老师接着是一种难以名状的安慰。

"听说你要来，你不知道王老师有多高兴。"王老师的爱人宋老师在做饭之余从厨房跑出来给笔者介绍。

"这是我们同学聚会后编辑的册子。"王老师从卧室里拿出一个册子。尽管步履有点蹒跚，但还可以看出他当年跑楼梯时的影子。

影集里是笔者从没有见到过的父辈人的家庭照、个人生活照、年轻时代的照片。翻到王老师的专页，除了三幅不同时期的照片，对应的是三个不同时期的具有调侃性质的自创诗词。第一首是关于大学生被打成"右派"的，第二首是惨淡成家对妻子感恩的，第三首是描述当前生活状态的。

"你们同学里面，后来最有成就或者说名头最大的是谁？"笔者问王老师。

没有等王老师回答，笔者从册子里找到了赵克勤的名字。赵克勤是我国现代汉语研究大家王力的高足，也是我国当代的语言学大家，这是笔者知道的。与赵克勤同班的高材生王老师到退休大部分时间在农村中学度过，后来到高等院校执教这也是笔者知道的。王老师以其执着的教研

338

精神和扎实的专业功底，也取得过诸如全省专业技术人才、优秀专家等荣誉，但时光难以倒转，他的那些宝贵的治学年华都捐赠给了我们的农村中小学教育事业。

中午的饭一如笔者在和王老师共事的日子去他家蹭饭时的模样：他刻意做笔者喜欢的面条而不是他喜欢的米饭，仍然是家常便饭。与此前不同的是，饭后的话题多了个营养健身。回想三年前笔者去看望他，这个话题是不在讨论之列的。笔者心里喟叹，年龄不饶人。

"我是已经过了八十岁生日的人了。"说起他们的同学聚会，王老师马上又达观起来，说起他们家庭，老人兴致满满："我老母亲活了一百零二岁，我父亲活了九十四岁。我们家有长寿的基因。""王老师，以后没有特别的情况，每年我都来看你。"笔者给老师以临别承诺。

"别光顾着高兴，先把药吃了。"宋老师把分好的药片和开水送到王老师手中。

"你不知道你来了王老师有多高兴。他得高兴好多天。"送笔者出门的时候，王老师的夫人宋老师一再强调。不舍之情，难以言表。

事有凑巧，一个星期之后的 12 月 27 日，7 位学生联系一起去看望王老师，寒风中，笔者和他们一起叩开了王老师的家门。作为许昌教育学院 1986 年级中文系的学生，二十多年不见，王老师还叫得出多数学生的名字。师生相聚，友情亲情皆真性情。王老师依然坚持在家里边吃饭，享受宋老师的厨艺佳肴。饭后惜别，大家一致决定，以后每年

杂草集

约定时间看望王老师。

所谓的长寿基因笔者是认同的，但笔者更认同的是有一颗友善、关爱、从容、豁达的心，无论年龄长短，在朋友们心目中他都永远是长寿的。

所谓的老师，也不仅限于年龄之大、学历之丰富、知识之渊博，更重要的是有一个让公众信服的德，能让人从心底里愿意以"师"称之。这就是"师德"。王老师有此"装备"。

2015 年 12 月 30 日